メトロ怪談

田辺青蛙
中山市朗
正木信太郎

竹書房
怪談
文庫

管制室の話

随分昔ですが、夫がＯｓａｋａ Ｍｅｔｒｏで働いていた時期がありました。

夫は地下鉄の全ての動きを一元管理できる輸送指令所という、普段はテロ対策のため所在も非公開で立ち入ることのできない場所に研修で案内された際、不思議な体験をしたとある晩、話してくれました。

全ての地下鉄の運転が終わっているというのに、運行状況を示す表示盤上を電車が移動している表示が出ているのを目撃したのだそうです。

特定の駅と路線だったようですが、詳細は不明。

指令所で存在しない電車が運行している表示だけが見えるので、実際の路線で走っているかどうかは確認できなかったそうです。

あれは何だったんだろう?

戦中に幽霊列車が走って戦火から逃れるために地下鉄に避難してきた人が乗って助かっ

たって話があったから、そういう電車が今も夜に走っているのかもしれない。

夫は思い出すたびに不思議だと言っていて、冗談や嘘を言うタイプではなかったので本当に勤務中に体験したことだったんだと思います。

目次

地下鉄ミステリー

※本書は体験者および関係者に実際に取材した内容をもとに書き綴られた怪談集です。体験者の記憶と主観のもとに再現されたものであり、掲載するすべてを事実と認定するものではございません。あらかじめご了承ください。

※本書に登場する人物名は、様々な事情を考慮してすべて仮名にしてあります。また、作中に登場する体験者の記憶と体験当時の世相を鑑み、極力当時の様相を再現するよう心がけています。今日の見地においては若干耳慣れない言葉・表記が記載される場合がございますが、これらは差別・侮蔑を助長する意図に基づくものではございません。

地下鉄怪めぐり〈東日本編〉

地下鉄の小人たち（札幌市営地下鉄南北線・さっぽろ〜大通）

札幌市営地下鉄南北線は、札幌市北区の麻生駅から同市南区の真駒内駅までを結んでいる路線だ。ラインカラーは緑色で、路線記号はN。中央のレールをゴムタイヤで走行する案内軌条式の鉄道で、第三軌条方式による集電方式を採用している。

ほとんどが全線を通して運転されるが、一部の列車は麻生駅と自衛隊前駅の間の運転となる。朝夕の混雑時には四分から六分の間隔で運転が行われる。夏の花火大会開催時には特別ダイヤとなり、運転間隔が若干短くなる地域密着型の路線と言える。

平成の終わりも間近に迫った頃。

十月のある日、東京に住む嶺岸さんは、長期間に亘る激務がようやく一段落したことを機に、遅めの夏休みを取ることにした。係長という役職柄、盆休みさえも返上せざるを得ない状況が続いていたのだ。

十日間の休暇を利用し、専業主婦である妻を伴って、日頃の疲れを癒すべく旅行に出かけることを決めた。

行先に選んだのは北海道。

未だ夏の名残が感じられる暑さを避け、北国の大自然の中で観光を楽しみ、心身ともにリフレッシュしようと考えたのだ。

札幌時計台、富良野、層雲峡、旭山動物園、摩周湖など、様々な景勝地を巡る。レンタカーを借りて、対向車も後続車もいない高速道路を、いつもより速いスピードで走り抜け、ホテルではご当地の美味に舌鼓を打つ。とても充実した旅行となった。

さて、旅の最終日。

ＪＲ札幌駅から新千歳空港へ向かう途中、地下鉄南北線の大通駅からさっぽろ駅へ移動しようとした時のこと。妻から突然、地下街を歩いて行かないかと提案された。

理由を尋ねると、なんとなく歩いてみたいからだという。

確かに、飛行機のチェックイン時間までには十分な余裕がある。

地下街に並ぶ店で良い土産が見つかるかもしれないと考えた嶺岸さんは、即座に同意し、歩き始めた。

さっぽろ地下街は、地下鉄南北線のさっぽろ駅と大通駅の間、約五百メートルに渡って延びる地下通路であり、ショッピングやイベントを楽しむことができる。

平日であったにも拘らず、週末に匹敵する人々の賑わいを見せ、観光客や地元民が行き交っていた。

時刻は昼食の時間帯。

ふたりは、軽食を取ってから空港へ向かうことを話し合い、レストランの前で手を繋ぎながら、ショーウィンドウに並ぶ食品サンプルを眺めて、何を食べるか思案していた。

――あれ？

すぐ隣で同じ方向を見ているはずの妻が、小さな声で呟いた。

「どうしたの？」

彼も妻にしか聞こえない声量で問いかける。

「あれ、見て。なんだろうね？」

妻の指し示す先に目を向ける。そこは、広い地下道を支える柱の陰。

一瞬、子犬ほどの大きさの何かが複数、その影に隠れていくのが目に入った。

「なんだろうね？　こんな場所に動物なんているはずがないのに……」

嶺岸さんは妻の手を取り、確かめるように柱の裏側に回り込んだ。

――えっ？

思わず声を上げようとしたが、妻の素早い手つきに阻まれた。口を塞がれ、発せられたのは『もごもご』という意味不明な音だけだった。

目の前には、数枚のふきの葉が列をなして進んでいく、不思議な光景が広がっていたのだ。

妻に目で合図を送ると、彼女は小さく頭を振った。その目には、夫を咎めるような色が浮かんでいるようにも見えた。

ゆっくりと口から手が離れると同時に、一体何事かと、妻に問いかける。

――ほら、よく見て。

やはり囁くような声のトーンで促されて、視線を妻から元の方向に戻した。

そこには、生まれたばかりの子犬ほどの大きさの小さな人間たちが、ふきの葉の柄《え》を持ち、葉に身を隠すようにしてトコトコと歩いている姿があった。

数えてみると、全部で六人。

ふたりがこの北海道旅行の途中で何度か目にし、見覚えのある、アイヌ文様の施された服を全員が身につけていた。

おそらくこの行列の主たちは、コロポックルと呼ばれる小人たちに違いない。ここで騒ぎ立てては彼らの迷惑になってしまうと懸念したふたりは、その行列を静かに見守ることにした。

不思議なことに、彼らの姿が見えているのは、自分たちだけであるらしく、周囲の人々は彼らの行進に気づいている様子もなかった。

しばらくの間、そのまま成り行きを見守っていると、先頭を歩く者からスッと壁に吸い込まれるように姿を消していった。

驚いて声を上げそうになったが、間一髪のところで自分自身の口を手で塞ぎ、堪えた。

そして、最後のひとりがフッと姿を消した時、ふきの葉の柄が一本、その場に残されていた。緑色の葉が付いた柄は、大人の人差し指ほどの長さで、艶やかな輝きを放っていた。

嶺岸さんの妻は、恐る恐る近寄ると、その植物を丁重に拾い上げた。

「旅のラストを飾る、良い記念になったね」

妻の嬉しそうな表情を見た嶺岸さんは、この北海道旅行が成功したのだと実感した。

その後、ふたりは在来線に乗って空港へ向かい、神奈川県の自宅へと帰路についた。


あの出来事からちょうど一週間が経過した。

北海道から大切に持ち帰ったふきの葉は、リビングの窓辺に飾られ、毎朝、妻が手入れを欠かさず水を換え、花瓶を取り替える姿を眺めることで、旅から戻ってきた実感を新たにしていた。

「……ん？　ねぇ、ちょっとこれ見て？」

ふきの葉に顔を寄せていた妻が、顔を上げて葉を指差した。

呼ばれて妻の横に立つと、葉の上に、一滴の朝露のような水玉が揺れている。

十月も半ば、冬が近づき空気が乾燥しがちな時期である。

この水滴の源を尋ねると、霧吹きで水分を与えたわけでも、天井から水が漏れてきたわけでもないという。

珍しい現象だが、何か良いことの前兆かもしれない、と呟きながら水滴を覗き込んだ。

その時、嶺岸さんは水滴の中に小さな虹が架かっているのを見つけた。

驚いて妻に告げると、本当だ、と彼女も強く驚き、スマートフォンを取り出しては何度も撮影を繰り返した。

その日、ふたりは総合病院で検査を受ける予定になっていた。

不妊の原因を突き止めるべく不妊診療科を訪れ、夫婦のどちらか、あるいは両方に問題があるのかを調べるために予約を入れておいた日だったのだ。

しかし、検査の最中に予想外の展開が待っていた。妻の妊娠が判明したのだ。すぐさま産婦人科に回されることになり、ふたりは思わず顔を見合わせて喜びあった。

あの地下街で出会ったコロポックルたちは、自分たちが彼らの行列を静かに見守ったことへの感謝の印として、こうした奇跡を授けてくれたのだろう、と嶺岸さんは数年前の出来事を嬉しそうに、そして誇らしげに語ってくれた。

ところで、何か引っかかるところがあり、コロポックルについて調べてみたのだが、コウノトリのように子供を運ぶ存在であるとか、魂を導く者であるとかいった記述を見つけることは終ぞできなかった。

ひょっとすると、嶺岸さん夫婦が出くわしたあの行列は、全く別の存在だったのかもしれない。

幻の駅（埼玉高速鉄道・浦和美園）

埼玉高速鉄道は、赤羽岩淵駅から浦和美園駅を結ぶ都市高速鉄道である。

二〇〇六年開業を予定していたが、二〇〇二年の日韓共催W杯で開催会場のひとつに挙げられた埼玉スタジアムが浦和美園駅近くに建設されていたため、W杯に間に合わせる形での開業となった。

当時は、最寄りといっても、浦和美園駅から埼玉スタジアムまで一キロ以上も離れていたため、スタジアムの近くまで延伸が予定されていた。しかし、予算と時間の都合上、それは叶わずに終わった。


二〇〇二年のW杯開催時、埼玉スタジアムで大会準備の仕事に従事していた坂又さんは、当時二十代後半の働き盛りで、職場でも中心的な存在だった。

大会が近づくにつれ、業務は多忙を極め、スタジアム内に泊まり込むことも少なくなかったそうだ。

開幕が目前に迫る中、トラブルが頻発し、問題が続々と表面化してくる。職場の雰囲気も険悪になり、坂又さんは日々苦難の連続を強いられていた。

そのような状況下で、他の会場のチームから応援に来てくれるという連絡が入った。W杯は日本各地で開催されることになっており、横浜、鹿島、小笠山などでも試合が行われる予定だった。

経験豊富な仲間が静岡から駆けつけてくれることを知り、坂又さんは心から喜んだ。ただし、彼らがやってくるのは週末の夜になるだろう。本来の業務を終えてからになるはずだ。

日が沈み、夜九時を過ぎたころ、坂又さんが詰めている居室に元気な声が響いた。

「お疲れ様です！」

仕事に集中していた坂又さんが振り返った。そこには、にこやかな笑顔の男性が立っていた。静岡から応援に来た人物で、以前、横浜で開かれた全体ミーティングで一度だけ顔を合わせたことがある男性だった。

「あぁ！　ありがとうございます！　わざわざ遠いところを」

坂又さんも笑顔を返しながら応えた。

「いえいえ、スタジアムの目の前に駅があって助かりましたよ」

「でも、ゲートまで二十分はかかったでしょう？　そこからさらにこの部屋まで十分」

坂又さんが尋ねると、男性は首を横に振った。

「え？　おかしいな。ゲートのすぐそばに地下鉄の出入口があって、そこから上がってきたんですよ」

「…………なんて駅で降りました？」

坂又さんの表情が徐々に曇っていく。

「そりゃ埼玉スタジアム前とかなんとかっていう駅で……」

男性は坂又さんの困惑した様子を気にも留めず、当然のように答えた。

そこから先は、議論が延々と平行線を辿るばかりだった。

実際に駅で降りたと言うが、そんな駅はあるはずがない。

ならば、証拠を見れば一目瞭然だろう。

坂又さんは、その場にいた数名を同行させ、男性と共にスタジアムの出入口であるゲートへと向かった。

道すがら、言い争うような口論が続いたが、ゲートが視界に入り、徐々に近づくにつれ、応援に来た男性の顔色は青ざめていった。

「いや、絶対にここにあった！　ここから出てきたはずだ！」

男性は地面を指差しながら、興奮した口調で訴えた。しかし、スタジアムで働く坂又さんをはじめとする面々は、揃って首を横に振るだけだった。

「僕らは、いつも浦和美園駅で降りて、毎日ここまで徒歩で通勤してるんですよ。全員が、もう一駅あったら良いのにって望んではいますが……」

「だって、私の記憶では……あ！」

取り乱した男性は反論しようとしたが、突然、何かに気づいたような表情を見せる。

「どうかしましたか？」

「それが……あのとき、スタジアム前で降りたとき、誰も降りなかったんですよ」

男性は、まるで電車の車内を思い描くかのように、視線を彷徨《さまよ》わせながら語り始めた。

「読書してる人や携帯電話に夢中になっている人なんかが居て……」

そして、自分の周囲を見回すような身振りを見せた。

「……眠ってる人も居たんですが、その姿が妙に不自然で。他の乗客も皆、ずっとうつむいたままで動かなくて。なんだか人形みたいで、ゾッとしたんです」

男性は一瞬言葉を切り、深呼吸をしてから、坂又さんの目をしっかりと見つめた。

「信じてください。あの駅は確かに存在したんです。でも、今思えば、あれは普通の駅じゃなかった気がします。何か……異常なものだったんです」

「そんな変なことが一回だけありましてね」

坂又さんは当惑した表情を浮かべながら語り始めたが、すぐに真顔に戻り、続けた。

「その電車、ドアが閉まると、さらに先へ進んでいった、とも彼は話していました。そのまま乗っていたら、一体どこに連れていかれたんでしょうかね」

坂又さんは少し考え込むように言った。

「もうプロジェクトは解散してスタジアムに行くような事はありません。でも、あの時、毎日浦和美園駅からスタジアムまで歩くのが本当に大変で……もう一駅あればどんなに楽だったかと。今でもときどき、あと一駅だけでも延びていたらなぁって……」

彼はそこで言葉を切り、少し疲れたような表情を見せた。

黄色いヘルメット（関東・某駅）

怪談仲間の持麻呂くんが、知人である五十代の戸川さんから聞いた話だ。

今から約三十年前のこと。

戸川さんは大学院生として、ある夜遅くまで論文の執筆に没頭していた。指導教授から厳しい締め切りを言い渡されており、焦りと緊張感から、ついつい時間を忘れてしまっていた。

気づけば終電間際。慌てて荷物をまとめ、最寄りの地下鉄駅へと急いだ。駅に着いたときには、すでに人影もまばらになっていた。

改札を抜け、ホームへと向かう階段を上っていく途中、突然めまいと吐き気に襲われた。長時間のデスクワークと空腹、そして走ってきた影響だろう。

なんとかホームまで辿り着いたものの、電車に乗れる状態ではなかった。このまま乗車すれば、車内で嘔吐してしまう可能性が高い。そんな事態は何としても避けたかった。

戸川さんは、深呼吸をしながらホームの壁際にゆっくりと腰を下ろした。冷たい壁に背中を預け、胃のむかつきが収まるのを待つことにした。終電まではまだ少し時間がある。気分が落ち着けば、何とか乗車できるはずだ。

そうして彼は、人々の視線も気にせず、じっとその場にしゃがみ込んでいた。

夜も更けて人通りが少なくなったホームは、不思議と静寂に包まれていた。時折聞こえる電車の走行音と、遠くから響く駅員の声だけが、この空間が現実であることを物語っている。戸川さんは閉じた目を開け、ぼんやりとホームの様子を眺めた。

時間の経過とともに気分は少しずつ好転し、ぼんやりと視線を転じると、次々と電車が入れ替わり立ち去っていく。その何本目かのドアが開く音と同時に、乗客の姿がバラバラと降りてくるのが目に入った。

数本の電車が行き来する中で、戸川さんの目に引っかかったのは不自然な一点だった。車両とホームの隙間から、黄色いヘルメットを被った男が顔を覗かせているのである。

――あれ？

そこに違和感を覚えた。

先ほどまでの風景とはあまりにも毛色が違う。

どこか既視感のある光景ながら、電車の出入り、ドアの開閉音、ホームを行き交う人々の気配……すべてが物足りなく見えた。

（ん？　あれ、人じゃないか？）

視線の先に現れた男は、通り過ぎる女性のスカートの中を視線で追っていた。日焼けした皺くちゃの顔に浮かぶ歪んだ笑みは、とてつもない下劣さを物語っていた。ボロボロのヘルメットからはみ出す薄っぺらい白髪と無精な髭、黄ばんだ数本の歯。六十代後半と思しき年齢ながら、その醜態は見習うべきものは何ひとつとして無い。

次の瞬間、扉が静かに閉まり、男の頭がスッと引っ込んだ。発車を告げるアナウンスが響き渡り、電車が去ると、再び男がその顔を覗かせた。

はて、さっきまであんなところに人がいただろうか？

不思議に思った彼は疲労感に惑わされながらも、その男の動きを注視し続けた。

電車が走行している間は頭を引っ込め、それ以外の時は顔を出して、女性客の下着を下から眺めているのだ。そのいやらしい笑みは、戸川さんの胃の中に残ったわずかな胃酸を逆流させそうになるほど不快だった。

戸川さんは、過労で朦朧としていたが、意識はしっかりしていた。彼は少し離れた場所に立っていた駅員に大声で呼びかけた。

「線路の上に人がいる！　とにかく危ないから、引き上げてやってくれ！」

駅員は怪訝な顔でホームの下を覗き込み、確認をした。ホームの下には、緊急時のための待機所のようなスペースがあり、そこに隠れているかもしれないと考えた駅員は慎重に調べたが、結局誰も発見できなかった。戸川さんは駅員に、疲れて朦朧としている学生の思い違いとして怒られてしまった。

いやいや、目の錯覚などあり得ん。確かに疲労と空腹で気が遠くなっているが、幻視を見る程までには酩酊していないはずだ。

駅員が背を向けた途端、男は再びその姿を現した。しかし今度は最初から戸川さんの方を意識し、ひたすらニヤニヤと歪んだ笑みを浮かべている。

そして突然、ホームの隙間からその腕を伸ばし、戸川さんを無言で手招きした。

戸川さんは怪しみならがらも、つい男の正体を確かめんと這いずり寄ってみた。すると、工事現場で見かける作業服を身にまとった男の全身が視界に入った。長袖の黒づくめに、腰にはジャラジャラと音を立ててがらくたと見紛う壊れた工具が下げられている。

「おめえ、わっしが見えらっかべっさ？」

「えっ？」

戸川さんに男は東北なまりの言葉をぶつけてきた。

「いや、そこ、危ないですよ」

男はいちいち訛りを強く出しながら話しかけてくる。

「こっくぁ天国だべっさ」

「でも、轢かれたら嫌じゃないですか」

「まぁ、そげんこっだろべなっ」

男は白けた調子で言うと、不機嫌そうに頭を引っ込めた。すると同時に電車のライトが目の端に入った。戸川さんは危険を感じ、そこから身を引いた。

「わっしゃばてまにこっくぇうぃらっかっじる、こりぃとなっちゃあばいつだってこりねっさってばいぃべっさ」

どうにか理解できたのは、いつでもここに居るから来たくなったら来い、ということであった。

馬鹿を言うな、自分はどう堕ちてもこんな男とは関わりたくないと、戸川さんは次に来た電車に転がり入ると、そのまま帰宅した。

それから、通学の朝夕、戸川さんはそのホームを何度となく通ったが、男の姿を見かけることはなかった。出会ったのはほんの一瞬の出来事だった。

「あのとき、俺もそっちに行きたいって言っていたら、どうなっていたんですかね」

その後の戸川さんは、就職して以来、仕事で辛いことがあるとこの出来事を思い出すのだという。そしてホームを覗き込んでは、ああはなりたくない、と自分に言い聞かせ、頑張ろうと奮い立たせてきたのだと、笑って話していた。

発車メロディー（関東・某駅）

江田くんは鉄道の世界に強い関心を持つ高校生だった。鉄道ファンの中には、細かく趣味の対象が分かれていることがよくある。たとえば、電車に乗ることだけを楽しむ『乗り鉄』や、列車の写真撮影に熱中する『撮り鉄』などが有名だ。

江田くんの場合は、『音鉄』と呼ばれる少し変わった分野に傾倒していた。音鉄とは、車内アナウンスや発車メロディーなど、鉄道の音に惹かれる人々のことを指す。江田くんは耳を澄ませば、それら鉄道の音色にも奥深い魅力があると語った。鉄道を観るだけでなく、聴くことに喜びを感じていたのだ。

さて、そんな音鉄少年、江田くんの話は、彼が高校一年生になったばかりの二年前のゴールデンウィーク頃に遡る。

その日、江田くんはある地下鉄路線の駅を一駅ずつ回り、発車メロディーの録音に勤《いそ》しんでいた。自撮り棒の先に装着したスマホを、駅のスピーカー付近に持ち寄せては丁寧に音を録り留めていく。読者諸兄姉も、駅のホームでこのような行為に夢中になっている人を見かけたことがあるだろう。

朝からスタートし、次々と駅を巡っては発車の合図音を収録していった。そして路線の半分程を進んだ某駅に差し掛かった時のことだった。

江田くんはスピーカーの設置場所を探るように、ホームの上を見渡していた。

ホームの中央あたりに来た時のこと。天井を見上げると、江田くんの視界に大きな四角い吹き出し口が映り込んだ。エアコンの風路が、柵上に並び細長い形をしている。

しかし、何の変哲もない造形に彼の目は釘付けになった。それは明確な理由があったからだ。風路の奥から、骨と皮しか残されていないかのような白骨の腕が、蛇のようにゆっくりと這い出してきたのである。痩せ細り、あまりにもやつれた腕は、じわりじわりと長さを延ばしていく。

そして、その不気味な腕は、ホームを行き交う人々の頭上をゆっくりと掴もうと手を伸ばした。しかし、わずかに手が届かず、指先が無残にも垂れ下がる。その様子に、江田くんは言葉を失った。非現実的な光景に唖然とするしかなかったのだ。

突如、激しい衝撃音が響き渡った。まるで猛獣が鉄格子に体当たりしたかのような、ガンッガンッという音だ。

江田くんは嫌な予感に戦慄が走った。吹き出し口の奥を注視すると、そこから白く丸い塊が蠢き、外に這い出ようと必死に押し付けている様子がわかる。あの不気味な腕は、通行人の頭を掴もうとしていたのではない。自らが這い出たいがために手を伸ばしていただけなのだ。

何度も金属を打ち付ける重々しい音。そして、あの異形の姿。非現実的な光景に恐怖を覚え、江田くんは思わず後ずさりした。震える足取りでホームの端へと逃げ込もうとした。視野が開け、ホームの端から振り返ると、周囲の光景が目に入ってくる。数人の人々が、仰《の》け反った格好で天井を凝視していた。誰もが唖然と、あの異形の姿を眺めているのだと、江田くんは直感する。

その直後、駅アナウンスが入構の合図を告げた。すると、エアコンの奥から伸びていた不気味な腕は、まるで制止を受けたかのように、するりと引っ込んでいった。数秒の静寂を経て、天を仰いでいた人々は、ぎこちない動作で視線を交わし合う。引き攣った面持ちで小刻みに首を振り、みな心なしか足早に離れていった。

彼は、自分だけでなく他の人々も同じ光景を目撃したことに戸惑いを覚えた。しかし、誰一人として声を上げる者はなく、まるで暗黙の了解のように、皆が沈黙を守っていた。その不自然な静けさが、かえって異常な出来事の余韻を際立たせているようだった。

誰一人として、あの異常な出来事にさらに関わりを持とうとはしなかった。江田くんもまた、そんな空気を身にしみて感じ取っていた。周りの人々が小さく頷きながら、無言のまま別々の方向へ立ち去る様子を見れば、それは明らか。もはや誰も、あの出来事についてロにしたくないのだと。

そのまま数本の電車が行き交う中、ようやく江田くんは平静を取り戻した。その駅のメロディーを無事に録音すると、次なる駅へと電車を待つ。まるで、何も起こらなかったかのように。

結局、江田くんは路線全ての駅の録音を完遂した。しかし、問題の駅までの録音は消えてしまい、件の駅の録音はひどいノイズだらけで使い物にならなかったそうだ。その後も、何度か録音を試みたが、この路線だけは上手く録れない。

残念なことに、この現象は江田くん自身にしか起こらないようで、彼は仕方なくその路線の音源だけは音鉄仲間から譲ってもらったもので満足している、と教えてくれた。

青い男（関東・某駅）

二十代の和美さんは、自宅から職場まで地下鉄に乗って通勤していた。家電量販店に勤める彼女の日課だ。

その年の二月は記録的な寒波に見舞われた。朝晩の気温は氷点下を記録し、夜の街路樹には白い霜が降り積もっていた。気象情報は連日、降雪の危険性を報じていた。

そんな寒い夜の帰り道、和美さんは職場の最寄り駅を後にした。終電の二時間余り前の時間帯で、駅内には人影はまばらながらも徘徊する人々の足音が残響を立てていた。しかし、誰一人会話する者はいない。漂う空気は冷たく重く、言葉すら凍りそうだった。

いつものように、和美さんは白線の最前列に立ち、ホームに到着する電車を待った。この駅はホームが相対式になっており、対面する形で列車が行き交う。つまり、ホームに立つ人々同士が向かい合うようになっているのだ。

車内のドアが開き、乗客の列が一斉に外へと向かった。その流れが収まるのを待って、和美さんはゆっくりと車両の奥へと歩を進めた。つり革に掴まり、疲労で重たく感じる体を支えながら、スマホを取り出して漫画を読もうとした。ほんの七、八分の乗車時間。車内は静寂。どことなく空気は倦怠感に満ちていた。

そんな中、ふと視線が反対側のホームに停車する車両に飛んだ。そこにはやはり帰宅途中であろう見知らぬ女性の姿があった。スマホから視線を逸らしたその女性は、なぜか和美さんをじっと見つめていた。同年代から三十代前半といったところだろうか。服装や雰囲気から、自分と同じような会社勤めのＯＬなのだろうと推測する。

たわいもない出来事のはずだが、和美さんは女性の背後に青白い男の姿を視た。頭から手の先まで、血の気を失った青白さで、ぎょろりとこちらを見据えている。髪は短く、寝ぐせで乱れており、虚ろな目で和美さんを見つめていた。Ｙシャツはしわが寄り、薄く黄色に変色。スーツの下、スラックスはベルトで固定され、口は少し開かれ、左手には手提げカバンを握っている。

青白い男の姿に、和美さんは息を呑んだ。無意識のうちに口を大きく開けたが、声にはならなかった。ただ茫然と硬直してしまった。

その刹那、車内に発車メロディーが流れた。自動ドアが閉まり、電車は揺れながらゆっくりと進行方向へ動き出した。向かい側の車両の中、先ほどの女性が何かを悟ったように、ハッとした後、すごく気まずそうに頭を下げた。口こそ動かなかったが、ごめんなさい、と言っているかのようだった。

だが、和美さんには女性の気まずい仕草などほとんど視界に入っていなかった。むしろ、何か違和感を覚え始めていた。胸中がざわつき始め、つい先程まで漫画を読もうとしていた和美さんの表情が、次第に緊張に満ちていった。そして、ふと背後に冷たい気配を感じ、不安が徐々に恐怖へと変わっていった。

——いる。

この車内に、実際にいる。青い男が、自分の斜め後ろに。

車窓の鏡に、ぼんやりと浮かび上がる不気味な影。人混みの中を振り返れば、誰もその存在に気付いていないようだ。しかし、和美さんにはくっきりと視えていた。背後にもやが立ち、冷たい気配が迫る。

周りは普通の人々ばかり。それでも、和美さんの身体は震えが止まらなかった。自宅のある駅に到着するまでの残り時間は、まるで一時間や二時間のように永く感じられた。


降車して駅を後にする頃には、青い男の姿は和美さんの視界から消えていた。しかし、その気配だけは離れなかった。歩道を歩き、信号を渡り、やっと無事に自宅へ辿り着いた。だが、怪しい気配は付きまとう。今度は、迎えに出てきた母親や居間で晩酌をする父親が感づいたのか、誰か連れてきたのか、と尋ねられた。だが、すぐに首を振る。和美さんは疲れた様子を装い、両親の心配をかわしながら自室へ向かった。

和美さんは一人部屋に入り、ほっと一息ついた。長い勤務の果てに、ようやくここで緊張がほぐれるはずだった。だが、そうはいかない。部屋にもうひとり居るような気がしてならない。あの青白い男に違いない。部屋の真ん中に立ち、こちらを見下ろしているかのよう。もちろん、現実にはあり得ないし、目に見えているわけではないが、その光景が頭に浮かんで離れなかった。

そうして、入浴、就寝、目覚めの際も、いつまでも居座る気配に怯えたままでいた。

この異常な日々が一週間近くも続いた。寝ても覚めても、いつでもどこかに気配を感じ、平穏な日が過ごせなかった。和美さんは日に日にやつれ、すっかり疲れ果ててしまった。顔色は悪く、目の下にはくまができ、周囲の人々も心配するほどだった。もはやこのままではいけないと思い悩むようになり、何とかしてあの恐ろしい存在から解放されたい一心で、有名な神社でお祓いを受けることを考えるようになった。

関東の著名な神社をインターネットで探し当て、電話で問い合わせをした。すると、憑き物を落とすようなお祓いは一般的にはしていませんが、厄除けのお祓いなら効果があると思います、と案内された。それでもいい、と思った和美さんは、その日のうちに神社を目指すことにした。

自宅の最寄り駅から一回乗り換えれば行ける場所だった。乗車時間も長くはない。こうして何日も悩まされ続けてきただけに、近場で手軽にお祓いできることがありがたかった。もちろん、和美さん自身も体力的にも精神的にも限界が近づいていたこともあり、意識的に遠出は避けたという事情もあった。

早速地下鉄に乗り込み、途中で別の路線に乗り換えた。この駅のホームも相対式で、和美さんが乗った電車が到着すると、反対側にも別の電車が入ってきた。

降車しようとした時、向かいの車窓に目をやると、ひとりの女性の姿が目に入った。疲れた表情で、どこか不安げな様子だった。

ふと、その女性と目が合った。その瞬間、和美さんの背後にあった何か違和感のようなものが、女性の方へ移動したような気がした。同時に、今まで感じていた得体の知れない存在感が薄れていくのを感じた。

和美さんはハッとした。これまで感じていた不安な気配は、誰かに移せば良かったのだと気づいた。安堵感と、女性への申し訳なさが同時に湧いてきた。

和美さんは女性に向かって小さく頭を下げた。謝罪の気持ちを込めて。

しかし、女性は困惑したような表情を浮かべただけだった。和美さんの中では、もうこの出来事は終わったような感覚があった。

結局、和美さんは当初の目的だった神社行きをやめ、次の駅で下車して帰路についた。背後の違和感は消えていたが、代わりに小さな後ろめたさが残っていた。

「あのとき、私は何も考えていませんでした。ただ、あの不安な気配から逃れたくて。でも、気がついたら、知らない人にそれを押し付けていたんです。理由はわかりません。ただ、もう二度と会わないだろうから、どうでもいいやって思ってしまったんです。あの人も誰かに渡せばいいんじゃないかって……」

和美さんは、自分がそんな無責任で利己的な人間だったということにショックを受けているということだ。

ICカードのお守り（東京メトロ東西線・妙典）

二〇一九年、葵さんは千葉県の自宅から東京都内の難関女子大学への入学を果たした。偏差値の高さから、本人も家族も歓喜したが、ひとつだけ問題があった。

それは、通学の負担だった。彼女の最寄り駅から大学の最寄り駅までの所要時間は、ネット検索によると三時間半を超えると判明していた。これに自宅から駅までの道のりと、大学の最寄り駅からキャンパスまでの時間を加えると、少なくとも四時間半は費やされることになる。さらに、電車の遅延などのトラブルを考慮すると、朝は五時間の余裕を見て出発する必要があった。往復十時間もの通学時間は、葵さんの若さをもってしても体力的に限界を超えていて、勉学以外の活動を阻害しかねない。

この状況を鑑み、両親は渋々ながらも、葵さんの一人暮らしを許可することを決めた。

葵さんが選んだのは、東京メトロ東西線の妙典駅から徒歩圏内にある、アパートとマンションの中間グレードの物件だった。この選択を決定づけたのは、駅前に広がる大型ショッピングモールの存在だった。葵さんにとってこのモールは、都会の象徴そのものだったという。この立地条件を第一に、家賃の手頃さと治安の良さも加わり、妙典駅周辺は彼女の理想に合致していた。

新学期開始直前、葵さんは新居へ引っ越した。手伝いに駆けつけた母と共に、ショッピングモールで必需品を揃えた後、ふたりは定期券購入のため駅へ足を運んだ。

彼女が券売機のタッチディスプレイを操作し、支払いは母がしてくれた。

しかし、そこで意外なことが起きた。

券売機から出てきたＩＣカードには、葵さんの名前ではなく、すでに他界していた祖母の名前が印字されていたのだ。咄嗟に葵さんは呼び出しボタンに手を伸ばそうとしたが、母がそっと彼女の手を制した。

理由を問う娘に、母は静かに語りかけた。葵さんの入学費用から卒業までの学費まで、全てを用意してくれていたのは他ならぬ祖母だったのだと。

「きっと、亡くなってからもあなたを心配しているのかもしれないね」

母の瞳にうっすらと涙が滲む。

その言葉に、葵さんは感動した。ＩＣカードは単なる交通手段を超え、祖母の想いが宿る大切なお守りへと変わった。葵さんは、カードがぴったり収まるサイズの巾着を購入し、そこにカードを納めた。それ以来、どこへ行くにもその巾着を肌身離さず持ち歩いた。

なお、葵さんの名前が記された二枚目のＩＣカードも、母が費用を負担してくれた。


その年の夏、葵さんは初めて実家に帰省した。七月と八月のほとんどは自室とバイト先を往復する日々に費やされたが、夏季休暇の終盤二週間は実家で過ごすと決めていた。

当日の朝は、すでに蒸し暑さが漂っていた。気温は二十六度を超えている。葵さんの肌には汗がじっとりと張り付いていた。空は晴れたり曇ったりと目まぐるしく変化し、台風の接近を予感させる不安定な天候だった。葵さんは、額を伝う汗を幾度となくハンカチで拭きながら、早朝から駅へと足を運んだ。そして電車を乗り継ぎ、揺られること三時間以上、ようやく地元の駅に降り立った。

確かに、夏休み最後の贅沢な時間を実家でのんびり過ごしたいという気持ちもあった。だが、それよりも実家が心配で戻ってきたというのが本当のところだった。

気象庁は、翌未明に超大型の台風が上陸すると予報していた。『夜になって接近とともに世界が変わる』という異例の表現で、強い警戒が呼びかけられていたのだ。

葵さんは駅前でバスに乗り、実家近くのバス停で下車した。残りは徒歩十分。ガードレールのない歩道を進んでいたその時だった。

一台の乗用車がセンターラインを越え、葵さんに向かって一直線に暴走してきた。後に判明したことだが、運転手は居眠り運転をしていたという。

葵さんが気づいたときにはすでに遅かった。回避できるタイミングは疾《と》うの昔に過ぎ去っている。思わず彼女は恐怖に身を竦めた。

どれくらい時間が経ったのか。十秒か、あるいは三十秒か一分か。しかし、予期された衝撃は一向に彼女に訪れなかった。

一体何が起こったのか。葵さんが恐る恐る顔を上げる。

すると、そこには車道から大きく逸脱し、裏返しになった車体が静止していた。

慌てて救急と警察に通報し、駆けつけた警官に事情を説明するも、葵さん自身、事態の把握ができていない様子。

結局、直前に気がついた運転手が葵さんを避けようとして車を操作し、その結果横転したという見解が示された。

驚くべきことに、葵さんは怪我ひとつなかった。

警察から連絡を受けた家族たちに連れられ、やっと実家に辿り着くことができた。

しかし、自室に戻った葵さんは、ある事に気づいた。巾着の中に入れたままだったはずの、祖母の名前が記された大切なＩＣカードが、どこにも見当たらないのだ。

自宅を出る時、カードは間違いなく巾着の中にあった。そして、バッグから巾着を一度も取り出すことなく、地元の駅まで来たはずだ。さらに、あの轢かれそうになった瞬間も、バッグは抱えたままのはず。もし落として中身がばら撒かれていたのなら、巾着ごと失くすはずだ。だが、部屋中を探しても見つからない。

諦めかけていた葵さんは、夕食の席でこの出来事を家族に打ち明けた。すると母が、きっとそれは事故から祖母が守ってくれたからなのだろう、と。その一言が、葵さんの心を不思議と安らげた。

その夜、予報通りの大型台風が上陸した。実家周辺は自然の猛威にさらされたが、家族に大きな被害はなかったそうだ。

それから、後期授業が始まった。

夏休み中も友人たちと頻繁に会っていたため、再会しても特に感慨はなく、いつもの日常が戻ってきただけ。

後期二日目の朝のこと。

一限目から授業が組まれていた葵さんは、長期休暇で緩んだ身体を奮い立たせるようにして、駅へと向かった。

道中には、葵さんと同じく大学生、制服に身を包んだ高校生、私立の小中学生、そしてクールビズでワイシャツ姿のサラリーマンが、皆一様に同じ方向を目指して歩みを進めている。

駅に到着すると、葵さんはバッグからパスケースを取り出し、自動改札機にタッチして改札を通過した。

——と。

「落としましたよ」

不意に、葵さんの背後から声が響いた。

振り向くと、すぐ目の前に一枚のＩＣカードが差し出されていた。

カードに視界を遮られ、声の主は老人だと推測できるものの、その人物の顔を見ることはできなかった。

「あ、ありがとうございます」

咄嗟に礼を言い、葵さんは反射的にカードを受け取った。

しかし、彼女は少し違和感を覚えた。つい先ほど、パスケースをバッグにしまったばかりだったからだ。パスケースからＩＣカードが滑り落ちるはずがない。

確認のため、葵さんはバッグの中を覗き込んだ。予想通り、パスケースはしっかりと収まっており、透明なビニール越しにICカードの印字面が確認できる。しかも、今渡されたカードには祖母の名前が印字してあった。

不可解な状況に、葵さんが顔を上げると、老人の姿はすでにホームへと続く階段の前に差し掛かっていた。

「おじいちゃん……？」

思わず、葵さんの口からその言葉が漏れた。

それは、祖母よりも先にこの世を去ってしまった祖父を呼ぶものだった。

長年共に暮らした家族の後ろ姿は、決して忘れることなどできない。

葵さんは慌てて老人を追いかけたが、通勤客の波に飲み込まれるように消えていく姿を、再び捉えることはできなかった。


「祖母も祖父も、今でも見守ってくれてるんだと思います」

葵さんは、祖父母の愛と期待を胸に、次世代の教育に情熱を注ぐ職業を選んだ。現在は、名門私立学校の教師として働きながら、生徒たちの個性を大切にした指導を行っているという。

偽汽車（東京メトロ千代田線・北綾瀬）

東京メトロ千代田線は、東京都足立区の綾瀬駅から渋谷区の代々木上原駅までの区間で構成される東京地下鉄の鉄道路線である。路線名の由来は、新御茶ノ水駅から国会議事堂前駅まで千代田区内を貫通するように走ることからで、ラインカラーは『グリーン』、路線記号は『C』。また、綾瀬から北綾瀬の一駅間は元々綾瀬車両基地への回送線として使用されていたが、一九七九年には綾瀬車両基地周辺住民の要望を受けて旅客開業している。

さて、体験者の内田さんから詳細な記述を控えるようにと頼まれているが、何が起きたのかを伝えるためには、ある程度の情報提供が不可欠だ。そのため、個人情報に配慮しつつ、ある程度ぼかした形で記載させていただく。

以前、別の案件で在来線の運転手への取材をする機会があった。とある編集者の紹介で実現したのだが、その時は非常に詳細な話を聞くことができた。今回の内田さんの場合と何が違うのだろうかと考えながら、喫茶店の一角で取材を開始する。

彼は四十年以上前、千代田線の運転手をしていたそうだ。

その日、車両車庫に終電を車庫入れした彼は、車両から降りると北綾瀬駅へと向かって歩き始めた。空は雲に覆われ、月明かりは遮られていたが、東京都内であるため、完全な闇に包まれているわけではなく、懐中電灯なしでも躓くことなく歩くことができた。

車両車庫とは、電車を収容し、整備や検査を行うための施設だ。ここでは電車の点検、故障修理、清掃などが行われる。広大な土地が必要となるため、通常は都市の中心部から離れた場所に設けられている。また、各種整備機器が備えられており、運行中のトラブルにも対応できる体制が整えられている。

「ふう……」

内田さんが一日の疲れを溜息とともに吐き出したその瞬間。

——パッ！

電車のヘッドライト——走行用前照灯——が内田さんを不意に照らしつけた。

これは自動車でいうハイビームに相当する強烈な光だった。内田さんは一瞬怯んだが、何が起きたのかを確認するために片腕で顔に影を作り、眉間に皺を寄せながら前方を注視した。

しかし、そこに見えたのは丸いふたつのライトのみだった。曇天とはいえ、ヘッドライトの持ち主の輪郭くらいは見えてもおかしくないはずだが、それを確認することはできなかった。

内田さんは反射的にその明かりを先頭車両のものだと判断したが、車体の影すら見えないのは明らかに不自然だった。

目を凝らしていると、その電車はゆっくりと動き出し、次第に速度を上げて内田さんめがけて突進してきた。

恐怖で足が震え、動けなくなってしまった内田さんはその場にしゃがみ込むしかなかった。

――フッ……。

轢かれる！　と思った瞬間、ライトは内田さんの両脇をすり抜けていった。衝撃も、跳ね飛ばされることもなかった。驚いて顔を上げ、後方を確認した彼の目に映ったのは、微かな照明に照らされた線路と暗闇が広がる空間だけだった。

一体何が起きたのか。疲労による幻覚なのかと、内田さんは辺りを忙しなく見渡した。しかし、結局のところ何も怪しいものは見つからない。

内田さんがさらに状況を確認しようとしていたその時、不意に新たな音が耳に飛び込んできた。

——ダンッダンッダンッ！

突如、走る足音。

それも、内田さんのすぐ横に停車している列車の中から。つまり、誰かが車庫入れされ、ドアが閉じられた車両の中を走っているのだ。

平均的な身長の内田さんが車両内部を覗こうと視線を上げたが、駅のホームに立っているわけではないため、車両の窓までは目線が届かない。

彼にできたのは、音が移動していく自分の真横から車両の前方へと身体を向けることぐらいだった。

——ダンッダンッダンッ！

再び足音が響いた。今度は先ほどとは違い、音に籠もりがなかった。それは、足音の主が車外に出て車両の屋根の上を走っているからだと、内田さんはすぐに理解した。

彼は車両のさらに上、屋根に視線を向け、先ほどとは逆方向、車両の後方へと音を追いかけていった。

そして、足音がぴたりと止まったのは、三両編成の最後尾部分。

「おいっ！　誰かいるのか？」

今、この車庫にいるのは宿舎で休んでいる同僚を除けば自分ひとりのはずだ。ということは、この足音は不法侵入者の存在を示唆している。

さっきの不可解な出来事のことなど忘れ、内田さんは声を荒らげた。

――ドシャッ！　……ザッザッザッ！

彼の声の直後に、一拍置いて誰かが砂利の上に飛び降りる音が聞こえた。

そして、電車を挟んで反対側を、車両と並行に走る人物の足音が響く。

その音を聞いた内田さんは、慌てて車体の下から向こう側を覗き込み、誰かの姿を捉えようとした。

（……動物？）

内田さんが目にしたのは、四本足で歩く中型犬ほどの大きさの黒い生き物だった。

そいつはチラリと内田さんを一瞥すると、トットットッと足早に逃げ去ろうとした。

「…………おい、待てっ！　うわっ？」

内田さんの反応が一瞬遅れた。先ほどまで人間だと思っていた存在が、実は動物だったのだ。先の幻覚のように消え失せた自分を轢こうとした列車、走る足音、そしてこの動物。

それらが頭の中で一本の線で結ばれた瞬間、内田さんの反応が遅れたのだ。

動物を追いかけようとした内田さんは、砂利に足を取られて盛大に転倒してしまった。

すぐに起き上がろうとしたが、頭を怪我したらしく、それ以上立ち上がることはできなかった。片手を地面について身体を支え、もう片方の手で痛む頭に触れる。ベタリと付着した生温かい粘りのある液体。暗闇の中でも嫌というほどにわかる。自分の血だ。それも、ちょっとやそっとの切り傷ではないことくらい、親指の腹で他の指を撫でればわかることだった。

恐怖にヒュッと息を呑めば、鼻腔いっぱいに鉄錆の匂いが広がる。

内田さんの記憶があるのはここまでだった。

「という事があってね。これがその時の傷跡だよ」

前髪をかき上げた内田さんは、髪の生え際を指差した。そこには、小指の長さほどの切り傷跡が残っていた。

「頭の出血ってかなり大量に出るから大怪我だと勘違いしちゃうんだよね」

生まれて初めての頭部からの出血に青ざめた内田さんは、その場で意識を失ってしまったという。

次に目覚めたのは、頭に包帯を巻かれ、北綾瀬駅の駅員室のソファに横たわっている状態だった。

目が覚めたことに気づいた年下の同僚が近寄ってきて、出勤してきたらすでに寝かされている内田さんを発見したのだと話してくれた。頭に怪我をしているようだったので、そのまま休ませていたのだと教えられた。

「狸《たぬき》……だったんだよね。たぶん、びっくりさせるだけのつもりが思わぬ怪我させちゃったから、手当てして運んでくれたんだと思う。まぁ、なんか狸って思うと納得だよね」

内田さんは明るい表情でそんな狸にまつわる話を聞かせてくれた。

電車と狸というと、すぐ思い浮かべるのは有名な偽汽車の話だ。

偽汽車は、幽霊のように存在しないはずの蒸気機関車が鉄道線路上を走るという怪現象のこと。幽霊機関車とも呼ばれる。この話は、明治時代に蒸気機関車が日本に導入された頃から広まり始めた。

偽汽車の話は、主に狐や狸などの変化能力を持つ動物が汽車に化けるというものが多い。これらの動物が本物の汽車に撥ねられて死体として発見されることが多いとされる。

民俗学者の柳田國男氏は、狸が汽車に化ける話について考察し、夜汽車の音が新しい音響として人々に奇妙に感じられたことが背景にあると述べた。また、民話研究家の佐々木喜善氏は、現場を訪れて証言を集めたが、現地の人々は事件の存在を否定し、伝聞ばかりだったという。佐々木氏は話の筋がどこでも同じで変化がない点も、同様に指摘している。

というわけで、今でも狸は電車に悪さや悪戯をしているのではないかと、内田さんは楽しそうに語ってくれた。結局、起きた出来事すべてに明確な答えは見つからないが、助けてくれた狸への感謝の気持ちは変わらないのだと、内田さんは柔らかな表情を浮かべながら話を締めくくった。

トイレ行列（関東・某駅）

坂上さんは最近、奇妙なことを目の当たりにしたのだという。

三十歳を過ぎたばかりの彼は、異例のスピードで昇進を決めていた。同年代の同僚たちからは羨望の眼差しで見られ、部署を越えて期待の星と目されていた。

しかし、その優秀さとは裏腹に、彼は様々な悩みを抱えていた。嫁姑の問題、隣家の騒音、町内会から押し付けられる雑務、そして自身の健康不安。特に主任に就任してからは、ストレスによる慢性的な下痢に悩まされ、一日に何度もトイレに駆け込む始末。過敏性腸症候群。医師から告げられた診断結果だった。

ある朝の通勤途中、坂上さんは突如腹痛の予兆を感じた。過敏性腸症候群となれば、いつ便意が襲ってくるかわからない。前触れとなる腹部の違和感を無視すれば、職場最寄り駅までに間に合わなくなるリスクがあった。

速やかに最寄りの駅で下車を決断する。朝の通勤ラッシュで溢れかえるホームを、彼は人々の波に身を任せ急ぎ足で進んだ。周りは珍しくもない光景だ。自動アナウンスと電車の発車メロディーだけが、足音の海に音を放っていた。

坂上さんにとって、こうした慌ただしい下車と移動は日常的なものになっていた。すでに駅構内のトイレの所在をしっかり把握しており、案内図を確認する必要もない。

この駅のトイレは、少し変わった場所に設置されていた。ホーム端から続く長い階段の途中、踊り場に作られている。駅員の話では開設当初からこの場所にあったらしいが、確かなことはわからないのだという。

階段を駆け上がった坂上さんが視線を上げると、男性トイレ前には長蛇の列ができていた。背広姿のサラリーマンから古びた私服の青年まで、あらゆる立場の人々が一本の長い列を形作り、階段の上り口まで続いていた。トイレは向かって左側が男性用なので、列は階段の上り方向に並んでいる。

そのとき、坂上さんは一瞬、たじろいだ。なぜか、そこに並ぶ人々の視線が一斉に自分に注がれたからだ。冷たく窺うような視線に、坂上さんは背筋が寒くなるような気持ち悪さを覚えた。しかし並ばねばならず、異様な光景に気圧されながらも、坂上さんは無言で彼らへ会釈しつつも最後尾に加わった。

この長い行列を見る限り、坂上さんは相当な時間が必要だろうと覚悟した。彼は以前から、このトイレには個室が二つしかないことを知っていた。つまり回転率が悪く、かなり待たされるはずだ。

しかし、状況はそれとは裏腹に動いていった。不思議と、ひとりひとりが次々とトイレから出てくるのだ。まるで時間が加速されているかのように、あっという間に列は短くなり、坂上さんが先頭へと近づいていった。

わずか五分もせずに、ついに坂上さんの番となった。個室から出てきた人物を出入り口で確認し、空いたと見計らって一歩トイレの中へ踏み込んだ。しかし、奇妙なことに、中は空っぽだった。人っ子一人いないではないか。

小便器の前はガラリとし、二つある個室のドアも両方、青色の空室サインが表示されていた。先ほど坂上さんが列の先頭に立ってからは、ひとりの男性しかトイレから出てこなかった。少なくとも、もうひとりが使っている個室のドアは赤く示されているはずだ。にも拘らず、両方の個室が空いている状態はどう考えてもおかしい。

しかし、次第に高まる腹痛はそんな疑念を振り払った。これ以上待てば、激痛に耐えながら冷や汗を垂らすことになるだろう。坂上さんはすでに我慢の限界を超え、早々と個室へと飛び込んだのだった。

しばらくして、ようやく苦しみから解放された坂上さんは、スッキリとした表情で手を洗い、腕時計を確認した。予想通り、ここを出ればまだ間に合うはずだ。ハンカチで手を拭き、額の汗をぬぐうと、彼はそそくさとトイレを後にし、踊り場の階段を下りかけた。

そこで坂上さんは、ふと振り返ろうという気になった。やはり長い列が残っているのだろうか、そんな何気ない思いがよぎったのだ。しかし、そこで目にしたものは些細なものなんかではなかった。

あの長蛇の列がそのままの形で残されていた。しかも並ぶ人々は、まったく同じ人たちで、まったく同じ順番なのである。先ほど自分が視線を上げた時とまがいなく同一の光景が、時が止まったかのようにそこに広がっていた。

それに気がついた坂上さんは、驚き、転がるような勢いで階段を駆け下りたということだ。異様な光景に、ただただ戸惑いを覚えたのだった。

「列に並んでいた人々は、ずっとこちらを無表情で睥睨《へいげい》していたんです」

坂上さんはひとり語気を落とした。

「スマホを持ったままこちらを見つめる人さえいました。あの人々が、果たして本当に生きている人間だったのか……」

坂上さんは言葉を詰まらせ、身体を小刻みに震わせた。

再会（東京メトロ半蔵門線・九段下）

東京メトロ半蔵門線は、渋谷駅から押上駅までを結ぶ地下鉄路線で、ラインカラーはパープル、路線記号は『Z』。名前は『半蔵門』から由来する。銀座線の混雑緩和を目的に建設され、渋谷から永田町までは銀座線と並行している。全線開通は二〇〇三年で、東急田園都市線中央林間から東武スカイツリーラインを経由して南栗橋まで直通運転を行う。東京メトロで最も駅数が少なく、全線通しの所要時間も最短で、全地下鉄路線と乗り換え可能な唯一の路線。

折原さんという男性がいる。過去何度も彼に、戦争の体験談や戦時中の怪談を執筆する際の時代考証について協力を求めていた。折原さんの本業は歴史に関係するものではないが、幼少期より幕末から昭和にかけた史実に興味を抱き始め、独学で知識を深めていったと聞いている。そして、そもそもの情報源として、彼の母校の先輩である中崎さんがいた。

中崎さんは、実際に兵士として戦地に赴いた経験を持つ方で、折原さんだけには数多くの体験談を語ってくれる、生きた歴史書そのものだった。この話は、三十年前、当時七十代であった中崎さんから直接聞いた折原さんの言葉を基にしている。

それは、日本経済がバブル期にあり、景気がきわめて良かった時代である。『二十四時間戦えますか？』とは某CMの名文句で、当時の社会背景をよく表していた。仕事を最優先し、職場の仲間との時間を大切にすることが、令和の世では想像し難い美徳とされていた。

中崎さんが勤めていた会社も例外ではなく、休暇は盆休みくらいしかなかった。現在のような週休二日制が導入されるのは、しばらく経ってからで、当時は土曜日が半ドン勤務と呼ばれ、午前中のみの勤務で午後から休みとなる。しかし、土曜は深夜まで、日曜日も夜遅くまで働き続ける激務であったと、中崎さんは語っていた。

その年の八月、課の平社員の手違いがあり、状況を収拾するために連日残業を強いられ、皆が疲労の色を濃くしていった。すでに定年退職後、相談役として再雇用されていた中崎さんも、取引先への謝罪や過去の書類の精査など、多忙を極めていた。

取引先への謝罪が受け入れられ、書類や契約の処理が完了したのは八月十四日の夕刻のこと。やっと一件落着したと安堵した中で、課長から慰労会の提案があった。バブル景気で予算面に余裕があり、課を挙げての飲み会を開催することになった。

ところで、中崎さんには人外の存在を感知する霊感のようなものがあった。酒を口にした時のみ、それが発現するのだという。

そういったわけで、飲み会の冒頭でビールを一口飲んだ後は、ソフトドリンクで参加を続けていた。数時間が経ち、二次会の話が持ち上がると、中崎さんは帰宅する旨を告げて場を後にした。毎年恒例の実家の盆参りがあり、翌日までに準備を整えたかったのである。

仕事の疲れを心地良く感じながら、中崎さんは半蔵門線九段下駅のホームに降り立った。

終電間近のホームには、行き交う人々から酒臭い空気が漂っていた。遠くを見れば、飲み過ぎてホーム上で嘔吐している者、そのまま寝込んでしまった者、友人に支えられている者、駅員に詰め寄る者といった光景が目に付いた。

中崎さんは壁に背をつけ、そうした酔客の様子をぼんやりと眺めていた。しばらくすると電車の到着アナウンスが流れ、ホームに列車が入線してきた。時計を確認すると、零時をやや過ぎた時間を示している。終電か、あるいはその直前の運行だろうか。初めて実家以外で盆を迎えることになると、思わず視線を下に注いだ。

停車した車両のドアへと近づき、少し距離を取って並ぶ。ドアが開くと、降りる人々に先に出てもらおうと身を引いた。

オフィス街、それも千代田区の駅である。乗車する人は多いが、降車する人は少ない。

令和四年のデータでは、東京二十三区で最も人口が少ないのがこの千代田区で、隣接する中央区とは二倍以上の人口差があり、昼間しか人々が集まらない地域であることがわかる。

中崎さんもそれを認識しており、すぐに乗車しようとしていた。しかし、車内から次々と人々が降りてくる。顔を上げると、そこには四列横隊の兵士たちが絶え間なく流れ出してくるではないか。

不思議なことに、恐怖心は湧かなかった。ただ茫然と立ち尽くすばかり。おそらく、飲み会でひと口飲んだアルコールが影響を及ぼしているのだろう。しかし中崎さんは一滴も呑めない下戸ではなく、そのわずかな酒で酔って幻覚が見えるはずがない。

長い列が終わると、ただ黙って見送っていた中崎さんは、終電に乗り遅れるかもしれないことさえ忘れ、無意識のうちに彼らの後を付いて行った。

整然と列を成した兵士たちは、改札を潜り階段を上り、そのまま歩道に出る。さらに足を進めた先には、靖国神社が見えてきた。靖国神社は九段下駅に最も近い神社で、明治時代から第二次世界大戦にかけての戦争で亡くなった英霊を祭っている。

兵士たちの前に立つ、大隊長のような人物がいた。彼が大声で何かを叫ぶ。

「解散！」

そのとたん、一斉に兵士たちはばらばらと離れていった。一体何事が起きているのかと戸惑う中崎さんの背後から、突然声が掛けられた。

「中崎じゃないか！」

振り返ると、そこには南方の戦場で命を落とした友人たちが、笑顔を浮かべて立っていた。その一声を合図に、あっという間に周りの人々が中崎さんを取り囲むようにして集まってきた。

「おお、何年ぶりだったことか。毎年この日にはここで集まっているのに、一度も会えずにいたな」

戸惑う中崎さんに対し、兵士たちは口々に再会を喜び、肩を叩いてくる。中崎さんもまた、これが夢でも酔いの錯覚でもないことを確信し、涙を流した。

そして数人を伴い、駅前へと戻り、明けるまで懐かしい思い出話に花を咲かせたそうだ。

翌朝、始発の時間になり、さて帰るかという際、友人のひとりが中崎さんに申し訳なさそうに言った。

「すまないが……故郷まで案内してくれないか。実は自分の地元への帰り道がわからなくなってしまってね」

聞けば、生前から路線も街並みも変わり、記憶との違いに道に迷ってしまうのだという。

中崎さんはその言葉を聞き、彼らの抱く日本のイメージと現在とでは大きく様変わりしてしまったことを実感し、しんみりとした気持ちになったそうだ。

そのまま自宅に戻り、友人たちをそれぞれの地元の墓まで案内した後、実家で一緒に過ごしたということだった。

「あれから中崎先輩も亡くなり、かなりの年月が流れましたが、いまだに彼らは靖国神社に集っているのでしょうかね」

霊感はないものの、折原さんは中崎先輩から聞かされた話を胸に、年に一度、戦没者たちが中崎さんに教わった道筋を辿り、それぞれの地元へと帰る道を歩めていることを願っている。

肩を叩く（東京メトロ半蔵門線・渋谷）

東京都渋谷に住む野村さんは、会社員として働く三十代後半の男性だ。

彼は毎朝の通勤で、山手線の渋谷駅ハチ公口改札を利用する。その先、すぐ目の前に地下へ続く幅広の階段が広がっていて、そこから半蔵門線に乗り換えるのだ。

その階段を下りる際、いつも同じ場所で誰かに右肩を叩かれる。振り返れば誰もいない。

しかし、彼にはひとつの決まり事があった。左方向へ振り返ることだけは避ける、というものだ。

野村さんが独特の戒めを意識している理由には、祖母の教えが大きく影響していた。祖母は肩を叩かれたときの振り向き方について、強く迷信を信じていたのだ。『叩かれた肩と逆を向いたら絶対にいけない。何か恐ろしいことが起きるから』と、幼い野村さんは繰り返し諭されたのだった。

幼少期からその言葉を植え付けられ、今となっては肌身に染みついた習慣となっていた。理屈ではわかっていても、無意識のうちにその禁を破ることへの抵抗が残る。だからこそ、渋谷駅の階段で右肩を叩かれる度に、必ず右を振り向くようにしていたのだ。誰もいないのはわかり切っていながらも。

時折、落とし物を拾ってくれた人がいたり、知人に偶然出くわしたりと、振り返る理由はある。しかし大抵の場合、背後には誰もいない。振り返ると、離れた場所でサラリーマン風の男性から奇異な視線を向けられるのみだ。

それでも野村さんは動じる素振りは見せなかった。そういった出来事はつまるところ、些末なことにすぎない。何食わぬ顔で階段を下り、いつものように自宅路を歩んでいく。まるで何も起こらなかったかのように。

そんな日常が続く中、野村さんに一件の事故が起きる。タクシーに乗っていた時、追突され、軽い鞭打ち症を負ってしまったのだ。

翌朝、いつものように渋谷駅の階段を降りている最中、右肩を叩かれる出来事が起きた。普段ならば右を振り向くところだが、頸椎の痛みのため、無意識のうちに左方向へと振り返ってしまった。そこで彼の意識は途絶えた。

次に記憶が始まるのは、彼が自宅のリビングで棒立ちになっているところからだった。

左手に通勤鞄を下げたままのスーツ姿だった。まるで突然そこに移動してきたかのような非現実的な体験に見舞われていた。

しかし、窓の外は朝日が差し込み、壁のデジタル時計は午前六時を指している。自宅から出勤するための身支度を整えているはずの時間だ。そして右手に丸められた紙切れが一枚。中身を確認するとそこには墨で『狐』の一文字が書かれているだけだった。

戸惑いにしばらく囚われていた野村さんだが、やがて我に返る。職場に行かねばならぬ現実を思い出したのだ。今朝は朝一で客先を訪問する約束がある。このままでは遅刻してしまう。

野村さんは慌てて家を飛び出した。一旦は不可解な出来事を脇に押しやり、仕事を優先させたのだ。

夜になり、帰宅した野村さんはリビングのソファに腰を落ち着けた。今朝の不可解な出来事が頭を去らない。そこで思い立ったのがペットの猫を監視するため、このリビングに仕掛けてあるカメラだった。あの録画機能があれば、朝の自分の様子が残っているかもしれない。

野村さんはカメラのデータをノートパソコンにコピーし、今日の日付のファイルを再生した。果たしていったい何が記録されているのだろうか。

映像が再生されると、まずはリビングのドアがゆっくりと開いた。そこから現れたのは野村さん自身だった。無言で、無表情な面持ち。まるで操り人形のようにノロノロとリビングに入り、靴を履いたまま部屋の中央に立ち尽くす。時計の針は、記憶がなくなってから一時間後の二十二時を少し回ったところを指していた。

そこから彼は動かず、ただただ立ち続けるのみだった。瞬きもせずに、ユラユラと左右に体を揺らしながら。そうして午前六時になるまでの約八時間が過ぎ去っていった。異様な静止状態が途切れることなく続いていく。

やがて早朝の陽光がカーテンの隙間から差し込み、野村さんの顔を照らした。すると、まるで生き返ったかのように、彼は我に返る。記憶にある通りの動作で、ドタバタとリビングを去っていった。

一体、あの左を向いた瞬間、何を目にしてしまったというのか。映像が切れた後の謎は深まるばかりだった。

「とりあえずは、狐の仕業……だと思うことにしました。亡くなった祖母が何を知っていたかは、今となってはわかりません」

野村さんは冗談っぽく話を締めくくったが、最後に一言。

「そうでも思い込まないと、怖くて地下鉄の階段を下れませんよ」

彼は、ボソッとつぶやいて、首を振った。

回送列車（関東・某駅）

成田さんは、ある日、大怪我をした。

長い階段の上部から転落し、全身を強打したのだ。

全身の打撲に加え、足首を捻挫。しかし、最も深刻だったのは利き腕の骨折だった。

一定の回復期間を経て退院はできたものの、右腕の治療と経過観察のため通院は続いた。

アームスリングで首から腕を吊るし、日々の移動はなんとかこなせたが、仕事への影響は大きく、休職を検討せざるを得ないほどであった。

やがて、腕の状態も徐々に好転。三角巾に腕を預けながらの生活が、新たな日常となっていった。


さて、成田さんの退院から間もない去年のこと、忘れられない出来事があった。

その日の彼は、退院を祝うという名目で、友人たちから飲み会への誘いを受けた。

「まだアルコールは飲めないからな」

些細な動作で肩や上腕に痛みが走ることがあり、主治医から念のため禁酒を言い渡されていた。

「わかった、わかったから、まぁ飲もうや」

乱暴な言葉遣いながら、高校時代からの腹心の仲間たち。その手に押し上げられ、乾杯の音頭を取る羽目になった。酒には一切手を付けなかったが、それでも宴は異様な盛り上がりを見せ、解散したのは終電間際のことだった。

仲間たちは最寄りの駅から在来線での帰路を選び、大通りを歩いていった。宴が終われば薄情なものだと、彼らの後ろ姿を苦笑しながら見送った成田さんは、踵を返し、徒歩圏内にある地下鉄の駅へ向かった。

幅広の階段を下り、幾度か曲がりくねった先に改札が現れた。ＩＣカードをタッチして進み、駅のホームに立つ。

平日の深夜ゆえか、電車を待つ客の姿は疎ら《まば》。片手で数え切れるほどだ。週末以外の飲み会も珍しくはなかったが、これほどの閑散ぶりは異例だった。

電光表示板を一瞥し、腕時計に目を遣る。次は十分後。直前の電車は三分前に発車したばかり。なるほど、人気の薄さの理由が納得できた。

それにしても、奴らはかなり酔っていたな。無事に帰れるだろうかと案じつつ、ふと自分の腕に視線を落とした。怪我の具合はどうだろうかと。

その瞬間、アナウンスが響き渡った。電車の入構を告げる声だ。

はて、まだ十分はあるはずでは。

疑念を抱いた成田さんは顔を上げ、暗く長いトンネルを凝視した。

すると、ヘッドライトを灯した先頭車両が、その姿を現した。

車輪の軋む音を響かせながら、ゆっくりとホームに滑り込み、停車した。

足元の鞄に手を伸ばし、成田さんは乗車のため一歩前へ踏み出した。

だが。

ホームドアは開かない。当然、向こう側の車両のドアも頑なに閉ざされたままだ。

これはいったいどういうことかと、電車を見やれば、車内の灯りはすべて消え、乗客の姿もない。

驚愕のあまり後ずさりした成田さんの視界に、それまで見落としていた行き先表示板が飛び込んできた。そこには『回送』の文字が浮かび上がっていた。

なるほど、回送なら時刻表にも載らない。予定された列車の前を走ることもあるわけか、と合点がいった。とはいえ、こんな深夜に回送列車とは珍しい。

この駅は日常の足として愛用している。昼間に回送列車を目にすることは珍しくないが、終電前にも走るものなのだな、と妙な感慨に浸った。

しかし、奇妙なことに、回送電車は一向に発車の気配を見せない。

いったい何が起きているのかと、車両を見つめていると、車内をぞろぞろと駅員らしき制服姿の男女数名が後方へと移動していく。

後部で何か事態が発生したのかと、横目に後ろを窺う。すると、三両先の車両だけが、こうこうと灯りを放っていた。

好奇心に駆られた成田さんは、その場所へ足早に向かった。

目的の車両に辿り着くと、内部には十名ほどの駅員がひとつのロングシートを囲むように集まっていた。

「あの……何かあったんですか？」

最初からその場に佇み、車内を窺っていた男性に声をかけてみた。

「いやぁ、私もわからないんですよ。突然、前からも後ろからも人がこの車両に入ってきて、あの状態になったまんまで」

男性と成田さんが彼らを見守る中、不意にその集団のひとり、女性が振り返った。

彼女は周囲の者に何事か告げると、瞬く間に群がっていた駅員たちはシートから退き、一斉にこちらを向いた。

そこで初めて、ロングシートの中央に人影があることに気づいた。

七人掛けのシートのまさに真ん中。そこに、老婆が腰を据えて、虚ろな瞳を前方に向けたまま佇んでいる。そして、その傍らには盲導犬らしき大型犬が、やはりこちらに向き合いお座りの姿勢で控えているのだった。

視覚障害者の移動支援か。公共交通機関での移動が困難な方々も、回送列車を利用すれば比較的安心できるはずだ。その配慮に感銘を受け、無意識に腕を組もうとした瞬間、痛みが走り、自らの怪我を思い出した。

その時、ドアが滑るように開いた。

ホームドアは固く閉ざされたままだったが、車両のドアが開き、先ほど駅員たちの中から振り返った女性が、そこから声をかけてきた。

「あの、腕は大丈夫ですか？　お辛いようでしたら、どうぞお乗りください」

成田さんの腕を指差しながら、女性の声には真摯な心配が滲んでいた。その表情にも、本物の憂慮の色が浮かんでいる。

「あ、いや、酒は飲みませんでしたが、宴会ができるほど元気なので大丈夫です。ありがとうございます」

「わかりました。お大事に」

成田さんの言葉に、女性は微笑みを浮かべ、車内から丁寧に一礼した。

その言葉と同時に、ドアが音もなく閉じ、車内の照明が瞬時に落ちた。ホームの明るさに照らされても、車内は薄暗く、人影はかろうじて見えるものの、表情までは判然としない。

女性は、再び元の位置に戻った。それは、老婆を囲む駅員たちの輪の中だった。戻るや否や、彼女の動きは、他の駅員たちと同様、まるでマネキンかのように、ぴくりとも動かない。

やがて、電車はゆるやかな動きで発車し、徐々に加速しながらトンネルの暗がりへと姿を消していった。

「俺が乗りたかったなぁ」

横の男性が悔恨の溜息を漏らす。

「いや、怪我人じゃないと無理なんじゃないですかね？」

成田さんの問いかけに、男性は納得したように「あぁ」と呟いた。

その後、僅か数分で終電が滑り込み、成田さんは無事に帰路につくことができた。

週末になると、飲み会を欠席した友人が成田さんの快復を祝う手土産を携えて自宅を訪れた。

成田さんは友人を温かく迎え入れ、先日の宴会の様子をあれこれと語り始めた。遅れてきた後輩の悪口、先輩の近況、同級生たちの笑い話。そして、あの夜に遭遇した回送電車の話へと話題は移っていった。

「ん？」

「どうかしたか？」

友人の眉間にしわが寄り、首を傾げる様子に成田さんは問いかけた。

「いやさ、電光表示板に回送って普通、出るぞ？」

「本当？」

成田さんも同じように眉をひそめた。

「駅の壁に貼ってあるような時刻表には書かれていないけどな。電光表示板に出さないと客が困るだろう？」

言われて思い返せば、成田さんも件の駅ではないかもしれないが、確かにどこかで回送の文字を目にした記憶がよみがえってきた。

「あっ！」

今まさに思い当たったというように目を見開いた成田さんに、友人はさらに続けた。

「それに、視覚障害者向けにそのような特別なサービスがあるなんて、聞いたことがないんだが」

友人の言葉に、成田さんの瞳孔が徐々に開き、愕然とした表情を浮かべていることに自覚する。

「……確かにそうだな」

「本当にあれは、ちゃんとした回送電車だったのかい？」

成田さんの声には自信のなさが滲んでいた。

「でも、俺と一緒にいた男性も乗りたがっていたし……」

それ以上の反論の言葉が見つからず、成田さんは言葉を濁すしかなかった。

「そういったことが去年あってね。おかげさまで今では痛みもほとんどなくなり、ほぼ全快といった状態なんだ」

三角巾から解放された利き腕を上下に動かし、喜びを表す成田さんだったが、ふと表情が曇った。

「でもあの時、もしあの女性の親切な申し出に甘えて回送電車に乗っていたら、一体どこへ連れて行かれていたんだろうね」

あの日以来、何度も終電に乗る機会はあったものの、二度とあのような回送電車を目にすることはなかったと、彼は静かに語り終えた。

カップル（名古屋市営地下鉄東山線・東山公園）

名古屋市営地下鉄の東山線は、名古屋市中川区の高畑駅から同市名東区の藤が丘駅までを結ぶ路線だ。沿線には東山動植物園や中村公園があり、特に始発駅である藤が丘駅周辺はお洒落な店がずらりと並び、少し行くと閑静な住宅街が広がる、単身者や家族層などに人気のベッドタウンとなっている。


二十代の桜子さんは、あるアイドルの熱心なファンだった。

ライブに参加するのが何よりの楽しみ。現地で出会ったファン仲間と推しについて語り合うことも喜びのひとつだ。さらに、ライブ会場周辺でご当地グルメを味わうことも、応援時にサイリウムを振ることと同じくらい、彼女を高揚させた。

名古屋に住む桜子さんは、東京の新宿で開催されるライブへの参加を申し込むことにした。申し込みの前日、高校時代の同級生で親友の結衣さんから連絡があった。結衣さんも同じアイドルのファンで、ふたりはいつかライブに一緒に行くことを夢見ていた。

「もし良かったら、私の分のチケットも一緒に取ってくれない?」

桜子さんは喜んで引き受けた。

幸運にも、桜子さんは無事にチケットを二枚取ることができた。すぐに結衣さんに連絡を取り、ふたりでライブに行けることを喜び合ったのだった。

ライブに参加できることに興奮しつつも、交通費を抑えたいふたりは、夜行バスの座席を予約することにした。

バスの発車時間は、日付が変わってからだった。

必要最小限の荷物を詰め込んだスーツケースを引きながら、桜子さんは結衣さんと待ち合わせをして、東山線の藤が丘駅から一緒に電車に乗り込んだ。

二十三時台、ロングシートの端にふたり並んで腰掛けた。桜子さんはドア横にスーツケースを置いて片手を添え、結衣さんは自分の前の床にスーツケースを置いて膝で支えていた。

隣接する車両にはそれぞれ数人の乗客がおり、彼女たちの乗った車両にも数名が同乗していた。

名古屋駅に到着するまでの間、桜子さんと結衣さんはお互いのスマートフォンを見せ合いながら、推しの動画を再生して時間を過ごすことにした。

数駅を通過した後、ふと顔を上げると、ドアが開く瞬間だった。到着したのは東山公園駅。

それまでの駅で乗客は全員下車しており、彼女たちの乗る車両にはふたりだけになっていた。

そこへ、彼女たちと同世代くらいのカップルが腕を組んで乗り込んできた。

よく見ると、ふたりとも冬らしい装いをしていた。彼氏は黒のウールコートを羽織り、ダークブルーのセーターにグレーのチノパンを合わせ、レザーブーツを履いていた。首元には暖かそうなスカーフを巻き、手袋とビーニーも身につけていた。一方、彼女はベージュのトレンチコートを着こなし、クレーム色のニットとダークジーンズを身にまとい、ロングブーツを履いていた。おしゃれなマフラーとニットキャップ、手袋も完璧に揃えていた。ふたりとも美男美女で、いちゃいちゃと寄り添っている姿は、彼氏持ちではない彼女たちにとってとても羨ましく映った。

とはいえ、そんなことよりも、そんな気持ちを振り払うように、ふたりは再び視線をスマートフォンの画面に戻し、動画を見ることにした。

その間も、カップルは桜子さんたちと対角線上の位置に座り、何やら楽しげに会話を交わしていた。

本山駅を過ぎ、覚王山駅で電車が停車した時のことだ。

画面から目を離せない桜子さんと結衣さんの視界の端で、カップルが立ち上がるのが見えた。おそらく、この駅で下車するのだろう。

何気なく彼らの方に目をやると、そこにいたのは二匹の犬……いや、レッサーパンダが四足歩行で仲睦まじく並んで降りて行く姿だった。

驚いて車内を見回したが、車両に自分たち以外の姿はなかった。もちろん、飼い主のような人の姿も見当たらない。

「ねえ、今の見た？　レッサーパンダが二匹、仲良く歩いて降りて行ったんだけど」

「うん、私も見た。あれ、さっきまでカップルだと思ってたんだけど、気のせいだったのかな……」

「レッサーパンダってあんなに仲良く一緒に行動するもんなんですね……」

動物にすら見せつけられた彼女たちは、新宿についてもいまいち素直にライブを楽しめなかったということだ。

終電（名古屋市営地下鉄上飯田線・上飯田）

上飯田線は、名古屋市営地下鉄の路線で、名鉄小牧線と相互直通運転を行っている。平安通駅と上飯田駅の二駅のみを結ぶ非常に短い路線で、わずか八百メートルの距離しかない。しかし、この路線により名鉄小牧線と名古屋市営地下鉄名城線が連絡でき、小牧線沿線地域と名古屋都心部の鉄道による連絡が実現した。施設は第三セクターが所有しているが、運転業務は名鉄に委託されている。各駅にホームドアが設置されており、将来の輸送増加に備えてホームは六両分の長さで建設されている。ほぼ全列車が小牧線と直通運転しているものの、始発・終電は地下鉄線内のみの運転となる。

さて、この上飯田線の終電に乗った香田さんという大学生の体験談だ。

ある日、香田さんは友人宅で朝から麻雀に興じていた。

熱中するあまり、時間の経過を忘れていたが、ふと我に返ると、もう終電の時刻が迫っていることに気がついた。

「あ！　ごめん！　明日、バイトが早いんだよ。これで帰るわ」

「なんだよ、マジか。しょうがねぇなぁ、代わりにあいつでも呼ぶか」

友人三人は残念そうに香田さんの申し出を了承した。仕事の都合とあっては、引き留めるわけにもいかない。『あいつ』というのは香田さんを含めた四人共通の友人で、呼べばいつでもバイクで駆けつけてくれる、頼りになる男だった。

香田さんは、スマホで連絡を取る友人と、煙草に火をつけたふたりの友人に軽く手を振ると、麻雀部屋を後にした。

部屋の扉が閉まるや否や、彼は走り出した。

西へまっすぐ進めば、徒歩で五分強の道のり。途中で立ち止まらず全力で急げば、その半分ほどの時間で上飯田駅に到着できるだろう。

予想通りのタイミングで駅に辿り着いた彼は、改札を潜り、予定していた時刻にホームへ到着した。

腕時計に目をやれば、ちょうど次の電車が終電だとわかった。

間に合ってほっとした彼は、息を整えるためにベンチを探したが、この駅にはベンチがないことに気づいた。たまにしか利用しない駅だったので、あるものと勘違いしていたのだろう。

そんなことを考えながら額の汗を拭っていると、平安通駅行きの電車の到着を告げるアナウンスが駅構内に響き渡った。

程なくして電車が到着し、ホームドアが開くと、少し遅れて車両の扉も開く。

香田さんは電車に乗り込み、座席の端に腰を下ろした。バッグからワイヤレスイヤホンを取り出して装着し、お気に入りのプレイリストを再生する。そして、今日の麻雀の手順を頭の中で反芻し始めた。

「あそこであれは無かったなぁ……」

後悔の念に駆られながら、思わず声に出してしまう。

とはいえ、車内には他の乗客がいない。誰にも迷惑をかけることはないだろう。

数々の悪手を猛省していると、いつの間にか隣の駅に到着していた。終点の平安通駅だ。

素早く立ち上がり、ホームに降り立った彼の背後で、電車の扉が閉まる音が聞こえる。

……………あれ？

彼の目に飛び込んできたのは、『上飯田』と書かれた駅名標だった。

考え事に夢中になっていたが、間違いなく、自分の乗った電車は走行していた。次の駅に向かって進んでいたのは紛れもない事実だ。線路の上を走る地下鉄は、各駅に停車するのが基本なのだから、動いて止まったのなら、隣の駅に到着しているはずである。

麻雀で負けないために酒を控えていた彼は、酔っ払って奇妙な錯覚を起こしているわけではない。

上飯田線の上飯田駅と平安通駅はどちらも島式ホームを採用しており、ホームを挟んで上下線の列車がすれ違う構造になっている。さらに、両駅とも色調が似通っており、一見して見分けがつきにくいのだ。だからといって、一駅の移動。間違えようが無い。

慌てて降りた電車に飛び乗ろうとしたが、時すでに遅かった。

ドアがぴたりと閉まり、電車は走り出した。

香田さんはその光景を茫然と見つめるしかなかった。

終電に乗り遅れた彼は、名城線への乗り換えもかなわず、トボトボと友人宅へと引き返すことになった。

「その後も、何度かそいつの家で麻雀を囲む機会はあったんですけど、あんな変な目に遭うのは、あれが最初で最後でした。ただ、ちょっと反省して、八百メートル歩けば平安通駅なんで、同じことが起きても、歩くことを考慮して、早めに帰るようになりましたね」

駅間の距離が短いからこそできる対策だ、と彼は笑顔を見せた。

地下鉄怪めぐり〈西日本編〉

暑いですね（Osaka Metro御堂筋線・新大阪）

新大阪駅は複数の鉄道会社が乗り入れる大阪の主要駅だ。東海道・山陽新幹線の接続点で、九州新幹線への直通運転も行う。御堂筋線で大阪市内中心部へのアクセスが良く、関東の東京駅に匹敵する重要性を持つ。ICカード対応で、国内外の旅行者や通勤・通学者の交通の要所となっている。

「夏が嫌いなんです」

怪異の体験談を取材する場で、開口一番に言われるセリフとしてはワースト一位ではないだろうか。

結子さんは、どうにも真夏に対して良い思い出がないらしい。

その日、結子さんはブチ切れていた。

夏休みを利用した東京観光へ行くため、御堂筋線の新大阪駅で彼氏と待ち合わせをしていたのだが、時間になっても一向に彼氏が現れる気配が無い。

心配になってスマホからメッセージを送っても既読すら付かない。焦れて電話をかけてみると、彼氏は出るには出たが声が暗い。

「……………ゴメン……今、起きた…………………」

すでに指定席を取った新幹線は発車時間を迎え、今頃は京都駅を出た頃だろう。

御堂筋線の改札を出た場所で彼氏の到着を待っていた結子さんは、深い深い溜息を漏らし、人の通行の邪魔にならないよう、対面側の壁に移動した。

近くには通路があり、大きいお土産屋さんが並んでいる。

大人が座ってもまったく問題が無いスーツケースに腰掛けると、彼女はスマホをいじり始めた。

十分ほど経過したとき、すぐ隣にもスーツケースが置いてあることに気が付いた。

見ると、とても恰幅の良い中年女性がふたり。どことなく中東を思わせる出で立ち。服装や身に付けているものから、裕福な、いや金持ちの部類に入る人間だ。

羨ましいことだと、結子さんは少しだけ彼女たちを、失礼と思いながらも、ジロジロと観察してしまった。

すると、女性の片方と視線が合った。

女性は日本流に小さく会釈をすると、結子さんに一歩近寄り、英語で話しかけてきた。

この結子さん、ペラペラとまではいかないが、英語がそれなりに理解できて話せもする。

どうやら、女性はお土産屋を友達ふたりで見たいのでが、スーツケースをどこか預ける場所はないかと聞いてきているということがわかった。

なるほど、では私が見ていてやろう、まだここに居る予定なので、と申し出ると、女性たちは喜んで彼女にスーツケースを任せて行ってしまった。

何のためらいもなく、すぐに信用してもらったのには驚いたが、彼女はそれに少し嬉しくなって機嫌が回復した。彼氏はまだ来ない。

それからしばらくは、目の前を流れる人混みを眺めながら、女性たちが戻ってくるのを待った。

——ふと。

片方のスーツケースに目が行った。勘が働いたのか、ケースが少しだけ開いていることに気づいた。

これでは中身が出てしまうではないか、と彼女は両手を伸ばして閉めてあげようと腰を屈めた。

その瞬間、目が合った。青い片目と高い鼻。白人男性のように思えた。

白人男性は、スーツケースのわずかな隙間からこちらをじっと見つめている。

いくら海外旅行用の巨大なケースだとは言え、成人男性が入っていられるだろうか。

それも、日本人よりも一般的には体格の大きい欧米の男性が。

驚いた結子さんは、一歩二歩、後ろへ飛び退いた。

――ドンッ！

背中が誰かにぶつかった。謝ろうと振り返ると、それは黒人の団体旅行客。

その中の、中学生くらいの男の子と衝突してしまったのだ。

それで結子さんはバランスを崩して、今度は薄く開いていた件のスーツケースに当たってしまった。

スーツケースが大きな音を立てて床に倒れる。その衝撃で、中の物がバラバラと撒き出てきたが、それは旅の途中で買ったと思われるお土産の類や化粧品のようなボトル類だった。

いやいや、自分はこの中の白人男性とたしかに目が合ったのだ。居ないわけがない。

呆然とする彼女だったが、すぐに持ち主の女性が駆けつけてくれた。

ケースを倒してしまった事を謝罪する結子さん、余所見をしていてぶつかった事に謝る黒人の少年、そしてそれをなだめる中東の女性。

女性は、自分がしっかり閉めなかったのが悪いのよ、ごめんなさい、と手早くケースの中身を元に戻した。

そして、結子さんに、もうちょっと待っていてね、とだけ言うと、またお土産屋に戻って行ってしまった。

そこで、また彼女はひとりになった。いつの間にか黒人たちの旅行客は去ってしまい、彼氏ももう少しで着くと連絡はあるものの、まだ電車の中のようだ。

気が気でない。こんな得体の知れないスーツケースのお守りをするなんて思ってもみなかった。

夏なので暑いは暑いのだが、厭な汗が額を伝う。

あの女性たちには申し訳ないが、ここから少しだけ遠ざかろうと、自分のスーツケースを持ったときだ。

ギィッと金属の軋む音がしたかと思ったとたん、例のスーツケースが開いて、隙間から青い目が覗いた。

「アツイデスネ」

ヒュッと息を呑んだ彼女は、ものすごい悲鳴を上げて、その場から走って逃げてしまった。

しばらくして戻ると、そこにはふたりの女性の姿もスーツケースも無く、ただキョロキョロと結子さんを探す棒立ちの彼氏が居るだけだった。

「そんな理由で、夏も暑いのも嫌いなんですよ。必ず誰かしら暑いですねって言うでしょう?」

その都度、あの片目だけの青い目を思い出して、厭な気分になるのだと、彼女は持っている扇子で自分を扇いだ。

入れ替わり（Ｏｓａｋａ Ｍｅｔｒｏ御堂筋線・梅田）

梅田駅は、新宿駅、渋谷駅、東京駅と並び称されるほど、ダンジョン化している。梅田駅がダンジョン化した主な理由は以下の通りだ。まず、ＪＲ大阪駅と五つの異なる「梅田駅」が近接して存在し、それらを結ぶ複数の地下街が発達した。地下街は地上の道路と連動して複雑に分岐し、緩やかな曲線や坂道も多い。さらに、地上の幹線道路の配置により歩行者は地下通路の利用を余儀なくされる。これらの要因が重なり、梅田駅周辺は迷路のような様相を呈するようになったのである。

二十代後半の片山さんと指宿さんは、同じ会社の営業部で働く同期の同僚だった。彼らは日頃から昼食を共にし、愚痴を言い合うのが日課になっている。

とある日、ふたりはオフィス街の地下にあるレストラン街で食事をしようと足を運んだ。この日は片山さんの仕事が長引いたため、いつもより遅めの到着となった。

午後からは顧客訪問の予定があったが、食事だけなら十分に時間の余裕があった。

周囲の店舗も混雑しており、待ち時間に大差はないと判断した彼らは、お気に入りの店の壁沿いに身を寄せて列に加わった。

徐々に順番が近づき、やがて最前列に立った。遅い時間帯のせいか、後方には誰も並んでいない。

そのとき、彼らの視線の先にある廊下の角から、老婆を乗せた車椅子が一台姿を現した。車椅子に座る老婆は、骨と皮だけのように痩せこけていた。白髪は静電気でも起こしたかのように四方八方に広がり、背中は大きく丸まっていた。濁った瞳は落ち着きなく辺りを彷徨い、皺だらけの両手は膝の上で小刻みに震えていた。老婆は薄い灰色のカーディガンを羽織り、膝掛けで下半身を覆っていた。

その車椅子を押す青年は、清潔感あふれる出で立ちだった。洋楽アーティストのプリントが施されたTシャツの上に、別の欧米ミュージシャンがデザインされたシャツを羽織り、細身のジーンズを履いていた。細フレームの黒縁眼鏡が知的な印象を醸し出している。いわゆるシンデレラ体重と呼ばれるモデルのような体型で、整った顔立ちは思わず目を引くほどだった。青年の表情は穏やかで、老婆に対する優しさが滲み出ていた。

片山さんと指宿さんは、このふたりが孫と祖母の関係で、青年が介護をしているのだろうと推測した。

片山さんと指宿さんは、思わず珍しい組み合わせのふたりを注視していた。

車椅子がふたりの横を通り過ぎると、意外にも方向を変え、彼らの後方に並んだ。

片山さんが率先して声をかけた。

「あの、お先にどうぞ」

身体の不自由な方を優先するのが適切だと判断したのだ。

青年は驚いた表情を浮かべながら尋ねた。

「え、よろしいんですか?」

今度は指宿さんが応じ、道を開けながら促した。

「いえいえ、我々はそんなに急いでいませんし」

「ありがとうございます」

青年が軽く頭を下げると、老婆も聞き取りづらい声で会釈をした。

感謝の意を表しているのだろう。

車椅子の老婆と青年は、そのまま店内へ入っていった。

片山さんと指宿さんは、善行を果たした満足感に浸った。待つのはあと数分。順番を譲らなくてもすぐに自分たちの番が来たはずだが、この短い待ち時間で良い気分になるなら安いものだと考えた。

ふたりはそんな会話を交わしながら、自分たちの順番を待った。

やがて店員が現れ、案内の声をかけた。

「お次、お待ちの二名様、奥の席へどうぞ！」

ふたりは店員の後に続き、店の隅にあるふたり掛けのテーブルに着席した。

「あれ？」

「ん？　どうしたんだ？」

突如、違和感を覚えた片山さんが声を上げた。それを受けて指宿さんが尋ねる。

「いや、ほら……」

壁に背を向けた片山さんが、指宿さんの背後を指し示した。長年の付き合いで培われた阿吽の呼吸が、言葉以上の意味を伝えていた。

「あ……姿が…………見えないな」

促されて振り返った指宿さんも、すぐに状況を把握した。

先ほど順番を譲った老婆と青年の姿が、どこにも見当たらないのだ。

トイレかもしれないと考えたが、この店にはトイレがない。用を足すには店を出て、ビルの共用トイレを使うしかない。

しかし、店を出たわけでもなさそうだ。出入口は一つしかなく、しかもつい先ほど自分たちが通ってきたばかりだ。あれほど大きな車椅子が気づかれずに出ていくのは、考えにくい。

「ご注文、お決まりでしょうか？」

「あぁ、これと、お前はどうする？　あぁ、じゃあこの定食で。それと、ちょっと聞きたいことがあるんだが」

指宿さんは、注文を取りに来た店員にふたり分の料理を伝えた後、例の車椅子の行方について尋ねた。

しかし、店員は困惑した表情を浮かべ、そのような客は見ていないと答え、他の客の注文を取りに立ち去った。

「なんか変なモン見たな」

「……ああ、間違いないな」

ふたりは顔を見合わせ、困惑の色を浮かべた。

食事を終え、会計を済ませた片山さんと指宿さんは店を後にした。

片山さんは楊枝《ようじ》を口に挟み、指宿さんは食事の熱気で上がった体温を冷ますように、ハンカチで顔を拭っていた。

ちょうどそのとき、向かい側の店のドアが開き、客が出てくる気配がした。

ふたりは特に気にする様子もなく、廊下の先へ歩み出そうとした。

しかし、突如として両者の足が止まる。

ごちそうさま、という声と共に現れたのは、車椅子に乗った青年とそれを押す老婆だった。

青年の姿は、先ほどまでの颯爽とした様子が嘘のようだった。やつれた表情で、焦点の合わない目は虚空を見つめ、かすかに震える手は無力に膝の上で休んでいた。かつての知的な雰囲気は影を潜め、廃人のような虚ろさが漂っていた。

対照的に、老婆は驚くほどしっかりとした足取りで車椅子を押していた。背筋は伸び、目は鋭く周囲を見渡し、細やかな動作で車椅子を操っていた。以前の虚弱な姿は微塵も感じられない。

青年の膝の上には、店のロゴが入ったテイクアウトの弁当箱が乗せられていた。その存在が、この光景をよりいっそう現実味のあるものにしていた。

片山さんと指宿さんは、目の前の光景に言葉を失った。

「おう、おばちゃんじゃあないの！」

振り返ると、自分たちと同じ店で食事をしていたらしい五十代絡みの男性が、会計を済ませて店を出てきたところだった。

男性は老婆と面識があるようで、親しげに言葉を交わしている。

「じゃあウチに寄ってくかい？　当然、俺がやってやるよ」

「お願いしようかしら」

この会話を最後に、一行は廊下の奥へと姿を消していった。

やりとりの内容から推測するに、男性は近隣で床屋を営んでおり、乱れた青年の髪を整えるため自店への来訪を促したようだ。

片山さんと指宿さんは呆然としたまま、その光景を見送った。しかし、いつまでもその場に釘付けになっているわけにはいかない。

午後の予定が頭をよぎる。客先へのルート営業に加え、新規開拓のためのプレゼンテーションも控えていた。

現実に引き戻されたふたりは、急いで職場へ向かった。

片山さんと指宿さんが社屋を後にしたのは、十三時半頃だった。谷町線の東梅田駅まで歩き、そこから客先へ向かう予定だ。

時間に余裕があったため、駅に着いてからは喫茶店でひと息つくつもりでいた。

しかし、ふたりは不意に足を止めた。

「ばあちゃん、またな」

床屋の前を通り過ぎようとした瞬間のことだった。

ガラス扉が開き、中から車椅子を押す青年と、それに乗った老婆が姿を現した。

それは先ほどのふたりだった。

青年と老婆の様子は、レストランで順番を譲った時と同じ状態に戻っていた。ただし、老婆の綿毛のような髪は美しく整えられ、年齢に相応しい品のある白髪の髪型になっていた。それ以外は、まるで時が巻き戻ったかのようだった。

さらに衝撃的だったのは、老婆の膝の上に置かれたテイクアウトの弁当だ。おそらく床屋での待ち時間に食べ始めたのだろう。老婆は虚ろな目つきで、ゆっくりとぼそぼそと手づかみで弁当をつついていた。青年はそれを見て、困惑しながらも優しく制止しようとしていた。

青年は床屋の店主に簡単な挨拶を述べると、そのまま立ち去っていった。

「ん？　ああ、ウチの常連さんだよ。飯食った後に、偶然会ってねえ」

状況が理解できない片山さんは、床屋の店主に声をかけ、いくつか質問を投げかけた。

しかし、店主はそれ以上の情報を持ち合わせていないようだった。

ふたりの急な問いに、店主の視線が次第に怪訝な色を帯びてきたため、ふたりは慌ただだしくその場を離れた。

　無事に喫茶店に辿り着いた片山さんと指宿さんは、落ち着いた雰囲気の中で、先ほどまでの出来事について話し合った。ふたりは互いの記憶を照らし合わせ、目撃した光景が単なる錯覚ではないことを確認し合った。

「ふたりで同時に同じものを見たんだから、記憶違いとか幻覚とかじゃないと思うんですけど」

　片山さんは、青年と老婆のどちらの状態が本来の姿なのか、結論を出せずにいた。特に、青年の虚ろな表情を思い出すたびに、背筋に冷たいものが走る。無意識のうちに、片山さんは首の後ろに手を当てていた。

河童の出る橋（Osaka Metro御堂筋線・淀屋橋）

淀屋橋駅の横には牡蠣《かき》船が川に浮いている。

駅の1番出口から出て数十秒で辿り着ける場所にある店「かき広」がそれだ。

牡蠣船とは、広島から大阪までその名の通り牡蠣を運ぶ船で、運ぶだけでなく船の中で調理した牡蠣も食べられる店だ。昔は多くあったそうだが、現存するのは大阪市内ではこの淀屋橋にある「かき広」一軒だけとなってしまった。


十数年前に、私はとある会社で営業の仕事をしていた。

その職場関係の取引先企業の人と、接待で牡蠣船「かき広」を訪れ牡蠣鍋を囲んでいた。生姜たっぷりの味噌で味付けした出汁《だし》の中で煮た大振りのぷりっぷりの牡蠣を溶き卵にすき焼きのように絡めて食べるのが「かき広」のスタイルだ。牡蠣フライにされた牡蠣の中身はミルクのようにとろけ、サクっと軽やかな衣を食むとぼうっとするほど美味しかった。

値段は会社持ちでないと来られない価格帯だったので、次来ることはあるだろうかなどと上司の商談の合間に考えていると、すっと襖が開いて、かき船の主である大将が入って来た。

「ビールをお持ちしました。お料理いかがでしょうか？　うちの牡蠣鍋のシーズンはね、十月から三月までなんですよ」

ビールを運んでくれた大将は三代目で、「かき広」は創業大正九年だと教えてくれた。

川に浮いているので、揺れを感じながら食べるのは不思議な心地だった。揺れといっても大きくはなく、近くを船が通りかかるとふわふわと浮遊感に似た揺れが起こる。

水面に映るネオンを眺めていると、取引先の男性が急にハッと表情を変えて、店の直ぐ横にある橋を指さした。「あっこの橋のところでね、河童を見たんです。なんで忘れとったんやろ。あっこや、あっこ。間違いない。目の大きい出目金みたいな河童で、子供の頃に見てかなり恐かったなあ。あいつ、顔を見て、こいこいって手招きしとった。ずっと忘れとったなあ、なんでやろう」呟くようにそう言った後、グラスに残ったビールをぐっと干した。

そしてグラスをテーブルに置くと頭の後ろをぽりぽりと掻いて「すんません急に、どうやら酔い過ぎてしまった」と言っていたが、私は物凄く酒が強い人なのを、過去の接待の場で見ていたことから知っていた。

その後会話もさほど進まず、記憶の糸を辿っているのかずっと窓の外にある橋の欄干の辺りをじっと取引先の男性は睨みつけるように見ていた。

この話をとある怪談会で披露したところ、七十代の男性が、「牡蠣船の近くでっしゃろ。あっこは戦後間もない頃に「ガタロ」（河童の異名）がおると聞いたことがあります。戦後の食糧事情が厳しい時にね、釣りしとって川魚を桶に入れとったら手がぬうっと伸びてガタロに盗られたって話がようありました」と教えてくれた。

先日、増刷がかかった印税を握りしめて来年で創業から百五年目となる「かき広」に再訪してみた。牡蠣鍋の味は昔と変わっておらず、煮ても縮まない肉厚の牡蠣や、生姜たっぷりの味噌の入った出汁は記憶と同じだった。ただ、数年前の台風でかなり船をやられてしまい困ったと大将が話してくれた。

大将は河童については記憶もなければ、話も聞いたことがないという風だったが、カウンターにいた客の一人が時折風も吹いていないし、側を船が通りかかったわけでもないのに奇妙に店が揺れることがあると教えてくれた。

「何かいますよ、ここいらには」

その一言が今も耳に残っている。

串（Osaka Metro御堂筋線／四つ橋線／千日前線・なんば）

奈良県在住の河合さんは、ＦＸ取引で成功を収め、四十代後半でセミリタイアした。十年来の趣味である料理に最近いたく凝っている彼は、中華やフランス料理ではなく、もっぱら串料理が主流で串揚げや串焼きばかり作ってしまうのだ。

大阪市内の串カツ屋を巡り、その味を覚えては自宅で再現することに心血を注ぐ。グルメ情報はテレビ、インターネット、雑誌を問わずチェックし、名店や新店を訪れては食事をする。帰りの電車では細部までノートに記録し、最高の串料理を作ることを目標にしていた。

しかし、訊いてみると店を出す予定はないという。純粋に串料理への探究心が、彼をここまで駆り立てているのだ。

さて、その河合さんには、串カツ屋を訪れる際の密かな楽しみがある。

食べ終わった後、時折、残った串の中から一本だけ、店の許可を得て持ち帰るのだ。

この些細な行為には、実は意外な理由があった。

話は、今から一年と半年前に遡る。

その日、河合さんは、急な病で入院した妹の面倒を見るため、大阪市内へ向かった。妹には二人の子どもがいたが、夫は仕事の都合で不在がちだった。入院費用の手続きや初期の世話は、すぐに駆けつけられる大人が必要だ。親族の中で一番近くに住む河合さんが適任と判断され、初日と二日目の世話を引き受けることになった。そのため、なんば駅近くのホテルを予約していた。

病院に着くと、まず妹の主治医と面談し、状況を詳しく尋ねた。入院生活に必要な物を買い込んだ後、病室へ向かい、ベッドに横たわる妹の傍らに腰掛けて励ました。主治医の診断では入院期間は三週間から一か月ほどになりそうで、河合さんは何度か大阪に来ることになるだろうと考えた。

用事を済ませた河合さんは一度ホテルに戻り、荷物を置いた。身軽になってから再び外出し、駅周辺をぶらぶらしながら、目ぼしい串カツ屋をチェックした。いくつか興味を引く店を見つけると、その中の一軒に足を踏み入れた。

従業員にカウンター席を案内されると、彼は決まった注文と、その日のきまぐれな注文をQRコードを通して注文した。

すぐに中ジョッキが運ばれてきて、しばらく経ってから、串料理がテーブルに並べられた。彼は一口先にビールを喉に流し込むと、続いて串を数本、それぞれ最初の塊だけを味わっていった。

さて、この一本を食べ終えたら会計を……というところで、はたと手が止まった。

右手に持ったその串。――彼はぼんじりだったと証言していたが――異常に美味いのだ。驚いてその肉を見るが特に何の変哲もない。

が、串が先端から持ち手の端まで真っ黒だったのだ。

きっとこの店は串を使い回しているのだろう。串の使い回しはよくあることだし、それで何度も焦げるうちに、串全体が炭化してこのような色になったのだと彼は推測した。

そこで彼は料理担当の従業員にこの串について聞いてみることにした。

正確には、この串を調理した時の状況を訊こうとしたのだ。特徴のある串だ。覚えていないわけがない。河合さんは、近くのフロア担当に声を掛けると、串を見せながら厨房の人間と話させてくれと頼んだ。

しかし、手を拭きながら出て来た担当者に聞くと、そんな串は見なかった、気がついていればクレームになりそうだから絶対に捨てるはずだ、と断言されてしまった。

たしかにその通りだ、理にかなっている。河合さんは、不思議に思ったが、その場はそれで諦め、会計を済ませてホテルに戻った。

翌日、同じように病院を出たあと、自宅へ帰る前に、昨日とは別の店に入った。

その食事の途中、昨日と同じような黒い串が一本現れた。しかも、感動するほど美味い。

このとき、この味の秘訣はこの黒串にあるのではないかと、彼は睨んだ。

そこでネームプレートに店長と書いてある人物を呼び止めると、この串をもらって帰りたいのだが、どうだろうか、もちろん料金は払わせてもらう、と交渉した。

すると、店長は串を一瞥して、焦げた物ならば無料で持って帰ってくださいと許可を出してくれた。

河合さんは、喜んでさらに何本か注文し、追加で何杯か酒を飲み干して素早く会計を済ませると、帰宅の途に就いた。

翌晩、さっそく彼はいそいそとキッチンに立つと、串料理の準備を始めた。もちろん、あの黒串の威力を試すためだ。

然して、調理が終わり、いの一番に例の串を口に運んだ。涙が出るほど美味かった。

以来、河合さんは妹の見舞いに行く度に、なんば駅周辺のホテルを取り、様々な串カツ屋を訪れた。毎日のように行くが、日によっては黒串に巡り会えない日もある。どちらかと言うと、会えない日の方が多く、残念な思いで帰ることもしばしば。それでも挫けずに店の扉を開くのであった。

というのも、この黒串、困ったことにひとつ問題がある。

それは、一度自宅で使うとボロボロと崩れ落ちてしまうのだ。

料理方法を変えてみても結果は同じ。揚げても焼いても、食べ終わると皿の上でボロリと崩れていってしまう。

その姿を見て、おそらくは限界を迎えた串が、最後の調理に余力を振り絞ったのだと彼はグッと涙を堪えた。

そんなわけで、彼は黒い串が自分の前に回ってくるのを心待ちにしているのだという。

さて、ちょうど一年前の話だ。

河合さんが、別の用事でなんば駅を訪れたとき、帰りにとある串カツ屋に寄った。

カウンター席に案内されて座ろうとすると、目の前にある串入れに、店員が片付け忘れたのか、一本だけ串が残されていた。真っ赤な串。

驚いた河合さんは、きっと何か料理に効果をもたらしてくれるはずだと思い、咄嗟にそれを懐に仕舞い入れた。

注文もおざなりに店を出ると、すぐに帰宅して、赤い串を使い串焼きを作った。

しかし、特別美味いとも不味いとも判断のつかない味で、店で食べる、あるいは自分で作る味とさして変わりはなかった。

ただ、この後が良くなかった。

夜半、猛烈な腹痛とともに飛び起きると、彼はトイレに駆け込んだ。上からも下からも逆流する体液で、心身ともに疲弊し、救急車を呼ぶ頃には気絶の一歩手前だった。

病院で食中毒の疑いがあると診断され、保健所への届出が行われた。保健所の職員が調査に入り、発症前の喫食状況や同様の症状を訴える人がいないかなどの聞き取りが行われたが、原因食品の特定には至らなかった。

彼はただただ反省し、以後は残された串などがたとえ黒色だったとしても持ち帰ることはなかった。

「でもね。最近、カウンター席で食べているとき、何席か先の客が真っ青な串を持っていたのを見ちゃったんですよ。あれ、どんな味になるのか興味で頭がいっぱいで」

大国主神社（Osaka Metro・御堂筋線／四つ橋線・大国町）

鮎川さんが社会人三年目を迎えたのは、十年前のことだった。

彼には、同じ会社で働く恋人がいた。年が明けて数日が過ぎた頃、実家に帰省していた彼女が独り暮らしのアパートに戻ってきた。ちょうど年末年始の休暇が終わる直前のタイミングだった。

ふたりはすぐに会う約束を取り付け、ファストフード店で落ち合った。久しぶりの再会に、互いの近況を報告し合いながら、楽しいひと時を過ごした。

「ねぇ、ちょっと遅いけど、これから初詣行かない？」と彼女が提案した。

席を立ち、店を出ようとする鮎川さんの隣で、彼女は小柄な体を伸ばし、愛らしい表情で彼を見上げた。

「まぁ良いけど、どこに行く？」

いつものようなやり取りを交わし、彼女が提案したのは大国主神社だった。

訊けば、そこには縁結びの神様が祭られているのだという。

ふたりの交際は順調に進んでおり、付き合って三年目を迎えた今、そろそろお互いの両親に挨拶を……という話題が出始めていた頃。そんなタイミングで、縁結びの神社に参ると縁がより強く結ばれると考えた鮎川さんは、彼女の提案に即座に賛同したのだった。

ふたりは地下鉄を乗り継ぎ、四つ橋線大国町駅で下車した。

「ちょっと！　そっちじゃなくて、こっち！」

スマートフォンで調べた情報に従い、北改札から出口へと歩き出した鮎川さんだったが、彼女に後ろから呼び止められた。何事かと振り向くと、彼女は逆の方向を指差していた。

「そっちは南改札だよ？　こっちでしょ？」

不可解だった。確かに、電車を降りる際に二番出口の案内表示を見たはずだったのに。

だが、彼女の言う通り、鮎川さんは今宮戎神社方面の出口に向かっていたのだ。

彼は彼女に軽く謝罪し、手を取ると共に北改札を通り抜け、最寄りの二番出口から地上へと向かおうとした。

「だから、そっちじゃないってば！　どうしたの？　大丈夫？」

――えっ？

顔を上げると、一番出口の文字が視界に飛び込んできた。先ほどと同様に、目指していた方向とは正反対の方角に歩を進めていたようだ。

「あれ、変だな……ごめんごめん、ボーッとしてたみたい」

「もう、しっかりしてよ」

彼女に間違った方向に歩いていたことをからかわれながらも、鮎川さんは階段を上っていった。

地上に出た後も、鮎川さんは目的地とは逆の通天閣の方角へと歩を進めてしまい、彼女を呆れさせることになった。

「本当に大丈夫？　今日はどうかしてるんじゃないの？」

心配そうな眼差しで見上げてくる彼女に、申し訳ない気持ちでいっぱいになった。

「ごめん、今日は初詣せずに帰ろうか……」

何かがおかしいと直感した鮎川さんは、彼女に参拝の中止を告げ、駅へと引き返した。

その後、御堂筋線で梅田まで向かい、少し高めのランチを彼女にご馳走した後、その日は別れることになった。

別れてから三十分も経たないうちに、鮎川さんは再び大国町駅に戻ってきていた。

電車を降り、北改札を出て二番出口から地上に出ると、大国主神社の鳥居の前に立った。

「…………ひとりでは来られるのか」

境内を見渡しながら、鮎川さんは独り言をつぶやいた。

実は、大国主神社に参拝しようとして大国町駅で逆方向に進んでしまったのは、今回が初めてではなかった。高校生の頃も、大学生の頃も、当時付き合っていた彼女と初詣やデートで訪れようとした際、まったく同じ場所で逆方向に歩いていると指摘されたことがあったのだ。

不思議な現象に対して疑問を抱きつつも、縁がないのだと深く考えずにいた。しかし、同じことが三度も起きたことで、この神社と自分の間には何か訪れることを拒む理由があるのではないかと考え、真相を確かめるために再び足を運んだのだった。

鮎川さんは、慎重に一歩を踏み出し、鳥居をくぐって神社の敷地内へと入っていった。

——うっ！

まさにその瞬間、鮎川さんは片手で自分の髪をぐしゃりと掴み、頭を押さえながら驚きの声を上げた。

彼の脳裏に、今までなぜか忘れていた一連の記憶がよみがえってきたのだ。

あの時、大国町駅のホームでは、後ろから差し伸べられた小さな手が彼の腕を掴み、進む方向を変えさせていた。改札を出る際も、小柄な彼女が手を引いて逆の出口へと導き、地上に出てからも同様に、彼女は執拗に鮎川さんの行く手を掴んで別の方角へと向かわせていたのだ。つまり、大国主神社に辿り着けなかったのは、全て彼女の仕業だったのだと気づいた。

その事実を突きつけられた瞬間、鮎川さんは体の芯から冷たいものが駆け上がる感覚に襲われた。

恐ろしさを感じながらも、彼は懐からスマートフォンを取り出すと、通話履歴から先ほど別れたばかりの彼女に連絡を取った。

「もしもし？　どうしたの？」

「いや、あのさぁ……変なことを訊くようだけど」

ついさっきのことを思い出し、鮎川さんは神社へ向かう途中で彼女が自分に何か悪戯をしたのではないかと、冗談めかして尋ねてみた。

「ううん、何もしてないよ？　背中に『あほ』って書かれた貼り紙でも付いてたの？」

通話の向こう側から聞こえてくる彼女の無邪気な笑い声。どうやら、自分と同じように彼女も何も覚えていないようだった。

そうであるならば、これは神がかり的な何かが関わっているのではないかと、鮎川さんは考えるに至った。

彼女に対しては、声が聞きたかっただけだと言い訳をして、通話を終了した。

鮎川さんはスマートフォンを懐に仕舞うと、境内を数歩進んだ。

もしかすると、縁結びの神社に嫌われているのではないだろうか。彼女のあの不可解な行動は、この神社の神の意志によるものかもしれない。もしそれが真実だとすれば、この先、彼女との関係がうまくいくのか不安になった。

鮎川さんは、そんな疑念を振り払うかのように何度か頭を振ると、その場を立ち去った。

しかし、その一か月後、悲しい出来事が待ち受けていた。彼女から突然、学生時代の元カレと復縁することになったと告げられ、鮎川さんは涙を呑んで別れを受け入れざるを得なかったのだ。

失恋の痛手に苦しむ鮎川さんの愚痴に耳を傾けてくれたのは、大学時代の元カノだった。

彼女との交流を再開した鮎川さんは、前の彼女の二の舞にはならないと誓いつつ、やがて復縁し、再び恋人関係になった。

そして迎えた翌年の正月。

復縁した彼女からも初詣に誘われた鮎川さんは、渋々ながら大国主神社への参拝に同行することになった。

鮎川さんが不思議に感じたのは、これまで付き合ってきた彼女たちが皆、同じ神社を訪れたがることだった。

それでも、愛くるしい彼女の希望を叶えたい一心で、鮎川さんは素直に応じた。

御堂筋線から四つ橋線に乗り換え、大国町駅で下車したふたり。

北改札から二番出口を通って、神社までスムーズに到着することができた。

まさかこんなに簡単に辿り着けるとは。初めてのことに動揺する鮎川さんとは対照的に、彼女は楽しげに先を歩いていく。

鳥居をくぐり、境内に足を踏み入れると、ふたりは参拝を済ませた。

腕を組んで歩く姿は、周囲の人々から見ても、とても幸せそうに映ったことだろう。


そして半年が経過した。以前から交際していたこともあり、ふたりは予想外に早いタイミングで婚姻届を提出することになった。鮎川さんは、あの神社に無事に辿り着けたからこそ、ふたりの結びつきが実現したのではないかと感じているという。

「大学時代に交際が上手くいかなかったのは、そのときのタイミングが悪かったってことなのかもしれませんね」

鮎川さんは、どんなに多忙な日々を過ごしていても、毎年欠かさず初詣に訪れるようにしているそうだ。

ただ、一点、疑問が残されている。

鮎川さんは身長百九十センチの堂々とした体格の男性である。一方、社会人時代の彼女は非常に小柄な女性だったと言う。

あの時、鮎川さんを無理やり反対方向に向かわせた力が、彼女のものだったとは到底信じがたい。その思いを鮎川さんにぶつけてみると、彼は大きく笑って答えた。

「大国主神社って、正式には『敷津松之宮 大国主神社』というらしいです。祭られているのは、素盞嗚尊《スサノオノミコト》と大国主命《オオクニヌシノミコト》です。そのうちの素盞嗚尊は怪力だったとも言われているようです。もしかしたら、あの彼女を操って俺の方向を変えてくれたのは、怪力で知られる素盞嗚尊だったのかもしれないですね」

福助人形（Osaka Metro御堂筋線／谷町線・天王寺）

天王寺駅近くのアパートに住んでいるNさんは、オーストラリアにワーキングホリデーに行っていた時に知り合ったJさんと、ルームシェアをして暮らしている。

Jさんは日本でアニメ声優になるのが夢で、日本語の勉強を毎日深夜遅くまでしている。

昼間は語学学校に通い、夜は飲食店でアルバイト。

寝る間も惜しんで頑張るJさんを、毎日Nさんは応援していた。

ただ無理をし過ぎたのか、Jさんは体調を崩し、自慢だった声も思うように出せなくなって来た。

「そういう時は一度休んだ方がいいよ、急がば周れ。折角の日本に来たのにアルバイトと学校だけじゃもったいないよ」

そんな風にNさんはアドバイスし、Jさんもそうだなと思ったのか、ひと月学校を休み、アルバイトも一旦辞めることにした。

そしてJさんは、毎日近所を歩いて散歩することにした。

天王寺は四天王寺もあるし、ハルカスも徒歩圏内で、新世界やジャンジャン横丁もある。古い物、レトロな物、新しい物が混ざってまるでおもちゃ箱のようだとJさんは思い、数か月も住んでいたのに、日々の忙しさに追われてこんな身近にあった町の魅力に気が付けていなかった自分を悔いた。

最初は休学中に勉強が遅れることを気にしていたが、周りから聞こえてくる言葉からも日本語の勉強はできるし、学校では習わない単語や言い回しも吸収できると思い、割り切って町の散策を毎日楽しむことにした。

最初散歩は朝と昼だけだったが、夜も女性一人で歩いていても遅い時間でなければ、大丈夫だなと思うようになり、土地勘もできてきたので細い路地なんかも進んで行くようになった。

そんなある日、天王寺の寺院を巡った後に、夕暮れ時の町の美しさに心を打たれて、スマートフォンで景色を撮影しようとした。

鞄からスマートフォンを取り出して、夕日に照らされる町に向けるとこつんと足の指先が固い何かにぶつかった。

何？　と思って足元を見ると、ちょんまげを結った、大きな頭の着物姿の白塗りの生き物が両手を伸ばしてJさんを見上げていた。

陶器でできているように全身はつるっとした質感で、光って見えたが、唇がふるえて「うふっ、うふっ、うふふぅ、うふっ」と笑い声のような音を発していた。

Jさんは突然現れた異形の姿の者に驚き、しばらく固まってしまっていたが、手にスマートフォンを持っていたことを思い出し、その「何か」に向かって撮影ボタンを連打した。

カシャッカシャッカシャッ

何度も撮影のシャッター音が辺りに響き、うふぅうふぅという何かは大きな頭を二、三度左右に揺らすとぽん！　っと大きな音を立てて煙となって消えた。

後に猫の小水のような臭いが立ち上がっていた。怖くなったJさんは大慌てで走ってその場を離れ、一人でいたくなかったので、近距離で嫌な顔をされたがタクシーを拾ってアパートに戻った。

そしてNさんに今日あった出来事と、さっき撮影した何かの画像を見せた。

Nさんは画像を見るなりこうJさんに伝えた。

「あれ、これ福助人形じゃない。道端に置かれてたの？　顔が罅《ひび》だらけで可哀そうね。日本だと縁起物の人形なんだよ」

Jさんは Nさんにこれは人形のように見えるが、そうではない、私の足元で両手を伸ばして縋るような動作で声を発していたと言ったが、Nさんは「えーうそー」と言うばかりで信じなかった。

何故なら画像に写っていた福助人形は、両手を揃えて地面についており、罅割れた顔に描かれた唇は閉じていたからだ。

「見慣れない姿の人形を突然道で見たからきっとJはビックリして、幻覚を見たんだよ」

スマートフォンに収まっていた画像は、Jさんの記憶で見た姿とは異なっていた。

本当に幻を見ただけだろうか？　そんな風に記憶を疑いながらなんだか腑に落ちない気持ちのまま、部屋に戻り日本語のテキストを広げて勉強をはじめた。

するとパッと部屋の灯りが消え「ふふぅふふふふふう」と、今日聞いたあの声が再び聞こえた。Jさんが叫び声を上げたので、Nさんが部屋に入ると暗がりの中、白い福助の顔の部分だけが天井近くに浮いていた。

「何あれ」

Nさんがそう言うと同時に消えた。

「さっきのあれ見ましたか？」

Jさんの問いかけにNさんは何度も深くこくこくと頷いた。

そして二人は恐ろしさのあまり、その晩はリビングで毛布に包まって眠った。

翌日から、二人とも幾つもツイてると思うことが続いた。

Nさんはずっと憧れていた職場から、面接の連絡があり、その後とんとん拍子で採用が決まった。それだけでなく、バイクが欲しいと思っていたら先輩がもう乗らないので貰ってと無料で譲ってくれた。

Jさんも声優のオーディションは落ちてしまったが、声優を目指す人を集めたラジオ番組のメンバーに決まり、欲しかったアニメグッズのくじが当たった。他にも英語のWebレッスンの講師を始めたところ好調で、居酒屋のアルバイトより働き方が合っていたようで毎日が楽しい。しかも語学学校の先輩が帰国するからと不用品を譲ってくれたり、大好きなアニメのDVDやグッズを、ネットオークションで格安で見つけて落札できた。

福助人形は、幸福を招くとされる縁起人形で、モデルになった人物は天王寺の辺りに住んでいた安部里の佐太郎と言われている。

JさんとNさんは今はそれぞれ異なる場所に住んでいるが、仲がよく定期的に会っている。二人はあれ以後、まだラッキーは続いているそうで、あの時見たのは福を招く縁起物なんだから、福助見てよかったよねと言い合っているらしい。

Jさんもとある大作ゲームのキャラクターの声を当てる予定が近々あり、充実した日々を送っている。

出ないトイレ（Osaka Metro御堂筋線・長居）

二十一歳だった寺島くんが体験した出来事をここに綴ろう。

夏の真夜中。

戸建てである彼の自宅に四人の男友達が集まっていた。理由は至極単純で動画配信サービスにアップロードする心霊スポット探索の動画を撮影するためだ。

目的地はＯｓａｋａ Ｍｅｔｒｏ御堂筋線長居駅近くにある公園だ。そこの公衆トイレに男性や女性、あるいは少女の幽霊が目撃されるという噂を聞きつけての企画だった。

二十五時を回り、そろそろ出発しようかと話し合い、寺島くんの運転する車で現場へと五人は向かって行った。

目的地に着くと、昼間とは打って変わって静かな空間が広がっていた。

日中はジョギングやウォーキングに励む老若男女があちらこちらに見受けられるはずだが、今は第二競技場の照明も光っていない時間。植物園横の周遊路辺りは真っ暗で、同じ敷地内にあるはずのメインスタジアムは影の輪郭も確認できない。

さて、五人は一応の懐中電灯をそれぞれ片手に持ち、寺島くんだけが撮影用のビデオカメラを反対の手に持ってゆっくりと歩き始めた。車は何かトラブルがあったときにすぐ逃げられるように、近くの路肩のような場所に停車させエンジンをかけたままにしてある。

問題の公衆トイレに近寄ると、五人はそこを取り囲むように広がった。普段の撮影なら、そのまま全員がその中に入っていくはずなのだが、なんとなく場の雰囲気がそうしてはならない気がして、誰も中に進もうとはしなかった。いや、できなかった。

どうしたものかと寺島くんが悩んでいると、仲間のひとりがカメラを寄越せとゼスチャーをして見せてきた。

仕方なくカメラを渡すと、そいつは一瞬だけ躊躇いを見せたが、すぐにトイレの中に入っていった。

すごいなアイツ、よく入れるな、なんか感覚麻痺してるんじゃないか、と残された四人がそれぞれ目と表情だけでやり取りをする。

（で、いつ戻って来るんだ？）

別の仲間が自分の腕時計を指した後、公衆トイレを指差した。

たしかに、優に五分は経っている。中から音も聞こえないし、誰も出てこない。そもそも、仲間が入る前に誰か入っていたのかすらわからない。

（とりあえず、全員で中を確認しよう）

寺島くんの提案にその場の全員がゆっくりと頷いた。

意を決してぞろぞろと男子トイレに入ると、カメラを持った仲間がブツブツと何かをしゃべりながら突っ立っていた。

「おい、どうした？」

ここに来てから初めて声を出した寺島くんは、背中を向けて立つ仲間の肩を叩いた。

「いや、この人がね、ここは何も出ないから帰れって」

「お、お、お、おい……な、何を言っているんだ？」

振り返った仲間はキョトンとした表情で後ろを親指で指差して話す。

だが、その表情とは真逆の寺島くんは、声が上ずってなかなか言葉を口にすることができない。なぜなら、仲間の後ろには人などいないからだ。

「おいおい、お前ら、何をビビッてるんだよ。臆病だなぁ。ねぇ、臆病ですよねぇ？」

どんどん声を大きくしながら、仲間は構えていたカメラを下ろすと、もう一度今まで自分が向いていた方向に向き直り、再び寺島くん達に無表情で向いた。

「……ここに居た人は？」

「出たあ！」

仲間の誰が叫んだのかわからなかったが、その声で全員が一斉に車へと走り出した。

バタン！　バタン！　バタン！　バタン！

四枚のドアが乱暴に閉まり、寺島くんが全員乗ったことを確認する。

「誰か転ばなかったか？」

後部座席の真ん中に座る仲間が泥だらけだった。両隣に座る仲間が、こいつ、と指差す。

とにかく欠員はいない。そこに安堵した寺島くんは、車を発進させた。

「違う、違う、違う」

ひとり泥まみれの仲間が後部座席で小さくつぶやく。何度も何度も。震えた声で。

「何が違うんだっ！　そいつ、黙らせろよっ！」

不気味さに耐えかねた助手席の仲間が怒鳴る。

車内はパニックだった。明確に幽霊を見たわけではない。何か声がしたわけでも、勝手に何かが動いたわけでもない。それでも、恐慌を起こすには十分だった。

寺島さんもどこをどう走ったのか、ほとんど記憶の無い状態でハンドルを握っていた。

自宅の近くまで来ると、道路に面した一階の駐車場に大きく膨らんで曲がって停めた。

バックで駐車するなどと悠長な気分ではないのだ。

「着いたっ！」

寺島くんの言葉と同時に全部のドアが勢いよく開けられて、中の人間が転がり出て来た。

と、地べたに這いつくばった全員が同じタイミングで顔を上げた瞬間だった。

そこは元居た公園の前。先ほど、車を停めていた場所だった。

「違う、違う、違う」

と、車の中から震える声が聞こえてきた。それは、後部座席の真ん中で泥だらけで座っていた仲間の声だ。

他の四人がじっとその仲間を見る。

「違うんだ。違うんだよ。この車、ずっと左にしか曲がらなかった！」

訊けば、寺島くんは大通りに差し掛かると必ず左折したというのだ。寺島くんを含む他の仲間たちは寺島くんの自宅に向かっていると信じていたが、彼だけは寺島くんの自宅に向かっていないと気がついていたそうだ。実は彼だけが、トイレに入る前に公園の入り口にあった地蔵に手を合わせていたと言う。その些細な行為が、彼を現実に繋ぎとめていたのかもしれない。

一同はパニックに陥った。

もう一度帰るべきだと主張する者、ここで朝を待つのだと怒鳴る者、ひたすらトイレの方向に向かって謝り続ける者。

寺島くんもどうして良いかわからず、オロオロとするばかり。

「お前ら、そこで何やってる?」

急に彼らに声が掛った。

全員が一斉に振り向くと、そこにはパトカーから降りて、こちらに怪訝そうな顔を向けている警官がふたり。これは後で知ることになるのだが、警官たちは署に戻る途中で不審な彼らを見て職務質問しようと近寄ってきたところだった。

「助けてください!」

狼狽した寺島くんは、警官に半泣きで助けを求めた。


「まぁ、結局その後、薬でもやってるんじゃないかって尿検査までやらされました」

幽霊も十分に怖かったが、尿検査中の警官の顔が一番怖かった。

「でも、あとでわかったんですけど、『出る』って言われていたトイレって、俺らが行ったところとは、ぜんぜん違う場所にあったんです。アイツの言う地蔵だって見当たらなかったし。結局、アレって何だったんですかね?」

そんな不確かな動画は使えないので、尿検査の様子を動画配信サービスにアップロードしたら、それなりに再生回数は回ったのだと、彼は喜んでいた。

鬼子母といたすけ古墳（Osaka Metro御堂筋線・なかもず）

中百舌鳥《なかもず》駅は、南海高野線・泉北高速鉄道線・Osaka Metro御堂筋線の三路線が乗り入れている堺市で最も大きいジャンクション駅だ。

難読地名でも知られる「中百舌鳥」の由来にはこんな説がある。

かつて仁徳天皇が、陵墓の工事をはじめたところ、突然、草むらの中から一匹の鹿が走り出てきた。

鹿は何故か、人夫の中に飛びこんで急に伏して死んだ。

そして、倒れた鹿の耳から百舌鳥が出て来て、羽ばたいて空に飛んで行った。

不審に思った仁徳天皇が、鹿の耳の中を覗き込むと、鹿は頭の中を食い散らかされていた。

このことから、辺りを百舌鳥耳原《もずのみみはら》と呼ぶようになった。

鹿の頭を食い散らかす百舌鳥、なんだか不穏な内容に感じるが百舌鳥耳原という地名が先にあって、この話はそこから後で考え出されたという説もあるらしい。

地下鉄なかもず駅から、徒歩十数分の場所にある法華寺の鬼子母神堂には、子どもの手を引く姿の「鬼子母神像」が祀られている。

鬼子母神は、子育てや安産の神とし信仰されているが、人の子を攫《さら》って食べるかつては悪鬼だった。だが、釈尊《しゃくそん》が鬼子母神の子を隠してしまい子を失う辛さを知り、人の血肉と同じ味だという柘榴《ざくろ》の実を与えられ、以来子を食べず、仏教に帰依したという。

穏やかな天女や女神像のような姿で祀られることも多い鬼子母神像だが、堺市にある法華寺の像は怖い鬼の姿をしている。

だからか、夜になると「ケシモ（鬼子母）は子どもの頭を噛みに来る」と怖がる子供が昔からいるそうだ。

私も小さい頃に、赤い柘榴の実を噛んで血を口から滴らせる鬼子母神の話を大叔父から聞いた記憶がある。

柘榴の実の形や大きさが幼い子供の頭蓋骨と同じで、いつか実の味に飽きたら子を攫いに来るかもしれないという情報を知った時は震え上がった。

庭に植わった柘榴の木が実をつけるのを見るたびに、そんなことを思い出してしまう。

そして、中百舌鳥駅から車で十分ほどの所に「いたすけ古墳」がある。

いたすけ古墳は、百舌鳥古墳群を構成する古墳の一つで、現在、国の史跡に指定されている。

狸が住む古墳としても知られており、大阪市内で身近に狸が見られる場所として親しまれている。時折、夜になると堀に光る船が浮かんでいて、着物姿の女が手招きするのを見て石を投げ入れたら狸の尾が水の中をすすっと進むのを見ただの、火の玉をお手玉のように遊ぶ子供がいたので、おいと声をかけたらくるりと振り向き、その顔が狸だったという話を聞いた。

現代もどうやら狸は人を化かすようだ。

鵺のいる場所（Osaka Metro谷町線・都島）

都島の由来は、考徳天皇の「浪花長柄豊崎宮」や応天天皇の「大隅の宮」に向かい合った大川に挟まれた中州（島）だったことから、宮廷に向かい合う島、つまり宮向かいの島が、やがて都島と呼ばれるようになった。

そんな都島駅の近く、商店街を歩いて中ほどの場所に鵺塚《ぬえづか》がある。

鵺は『平家物語』に記されている妖《あやかし》で、姿は頭は猿、胴体が狸、手足は虎、尾は蛇で、京都の御所によなよな出没し、近衛天皇を悩ませた。

屋根で鳴き声を上げて気味悪がられていた鵺は、源の頼政の弓によって射落とされ、遺骸は淀川に捨てられて現在の鵺塚のある辺りに流れついた。明治の頃に塚は取り壊しの話が出たが、かなり激しい祟りがあったので計画は白紙になってしまったそうだ。

そんな鵺塚の近くで、鵺を見たという人から話を聞いた。

近くの小学校の木にいたところを目撃し、目はらんらんと光って見えたらしい。

この鵺の目撃譚を、怪談会で語ったところ、塚の近くに猿を飼っている高齢者がいたという話をしてくれた人がいた。

その人が言うには、猿が酷い皮膚病にかかっていた上に、何度か檻から逃げ出したと聞いているので、たまたまその皮膚病を患った猿を見て、鵺だと思ったのではないだろうかということだった。

妖の正体らしき話を聞いた私は、がっかりしてしまった。


それから五年ほど経ったある日、再び都島駅の近辺で鵺を見たという人に出会った。

「大きさは、柴犬を二回りほどでかくしたくらいで、手足に縞がありましたね。尾はどんな感じだったかは覚えてないですが、たぶん蛇ではなかったように思います」

そう答えてくれた人に対して私は、皮膚病の猿の話を思い出して、見たものがそれだったのではないかと言ってみた。すると、相手は違うと強い口調で否定した。

「絶対違いますよ。だってあいつ……見た時、こちらを向いて喋ってきましたから。『お前今の家で近いうちに死ぬぞ』って。猿だったら人の言葉を喋ったりしないでしょう？　私ね、恐くなって、知り合いに相談したんです。その知り合い××町に住んでて、そういうのに詳しい子だったんで話を聞いてくれたんです。

そうしたらね、その子が言うには、自分の名前を書いた紙を米袋に入れて『死んだ』って口で言いながら、そのお化けのことを思い出しつつ包丁で米袋を刺せって言われたんです。
だから私、そうしたんです。そしたら……米袋をね、家で実際に刺した時にぎゃーーーっ
て悲鳴が聞こえたんです。私の親が、凄いお前の悲鳴が聞こえてきたけどどうした？　っ
て部屋に入って来るくらい、大きな声が米袋から出たんですよ。皮膚病の猿がこんなこと
出来るとは思えないし……それにその刺した米袋に入ってたお米を炊いて食べた時に、な
んか凄く変な味だったんです。古いお米とかじゃないのに、黴と血が混ざったような、そ
んな味がしたんです」

大阪天満宮（Osaka Metro谷町線／堺筋線・南森町）

Osaka Metro谷町線は、大日駅から八尾南駅までを結ぶ地下鉄路線。大阪市中心部を通り、官庁や寺院が多い谷町筋の地下を走る。一日平均輸送人員は約五十万人で、Osaka Metroでは御堂筋線に次いで二番目に多い。ラインカラーは京紫で、全長は日本の地下鉄路線でも四番目に長い。

鈴木くんと優月さん。

彼らはそろそろ結婚を意識したカップルで、社会人の今も仲良く付き合っている。そのふたりが、高校受験をしたときの話をしてくれた。

それは今から八年ほど前のことだ。

中学校三年生の夏休みに入って間もない日のこと、鈴木くんは彼女の優月さんを誘って合格祈願のお参りに行ったそうだ。

「自分じゃどうにもならないから神頼みをするんだろう？　だったら、志望校合格じゃなくって、チャレンジ校合格を祈らない?」

最初は猛暑の中を行くのを渋っていた優月さんであったが、鈴木くんの一言で考えを改めた。今よりも偏差値が八くらい上の学校の制服が可愛いから記念受験でも良いから受けたいと思っていたのだ。

彼らは、谷町線の南森町駅で下車をすると、大阪市内で学業の神様・菅原道真公が祀られている大阪天満宮を訪れた。

大阪天満宮は、大阪市北区天神橋にある神社で、大阪市民からは天満の天神さんとして親しまれている。ご祭神は学問の神様、菅原道真公を祀っている。道真公が大宰府へ向かう前に旅の無事を祈願した大将軍社があり、これが大阪天満宮の起源となっている。

さて、彼らはお詣りを済ませると、個人諸祈祷をしてもらい、帰りには合格のお守りと、御朱印をいただいて家路についた。

帰りの南森町駅で、ホームに入構してきた電車に乗ろうとしたその瞬間、手をつないでいない状態のふたりは同時に後ろを振り返った。次に、お互い顔を見合わせながら、一歩後退り、後ろの列に前を譲る。

ドアが閉まり電車を見送ったふたりは、ホームの端に身を寄せてどちらともなく口を開いた。

「今、なんか呼び止められた気がしなかった？」

「うん、スカートの裾を引っ張られた！」

鈴木くんは今来た方向を指差して彼女に問うと、優月さんは真下を指差して応えた。

それが、都合三回起きたのだ。半袖を引かれたり、リュックを引っ張られたりする彼。同じく袖を引かれるようなこともあれば、後ろから肩を叩かれる彼女。

こんな不思議なことは初めてだ。きっと今お詣りした神社の神様が呼び戻そうとしているのだ、とふたりは話し合い、一度天満宮へ引き返した。

大門を潜り、再び境内に入る。ふたりとも、その瞬間から誰かに見られているような気分になったそうだ。この先に何かあるのではいかと感じたふたりは、緊張した面持ちになり、御神水舎で一度手を清める。そして、正面の御本殿の前にふたり並び立つ。

すると、スッと場の緊張感が霧散し、最初に訪れたときと同じリラックスした空気に満たされたように思えた。

「帰って良いってこと……かな？」

「かも。なんかちょっと怖かったから、おなかすいちゃった。帰りに甘いものでも食べてかない？」

笑顔のなかったふたりだったが、彼女の提案にクスクスと笑いあうと、その場をあとにした。

そんなことがあったのも忘れていた受験シーズン。

ふたりは、記念受験に同じ高校を受けた。

試験問題は予想通り難解で、これはきっと落ちるだろうと諦め始めていた。

それはそれでしょうがない。記念なのだから。


「どうだった?」

「いや……それがさ……」

試験を終えたふたりが、試験会場を出たところで報告をしあうのだが、鈴木くんと優月さんはどちらも狐につままれたような顔を見合わせたのだ。

まず、優月さんの話はこうだ。

試験は意外にも順調に進んでいったのだ。難解は難解だが、落ち着いてゆっくりと解けばわからないほどの難問は無いように思われた。

しかし、英語のとある一問がどうしてもわからない。この問いの正解が判明すれば、後続の問題も芋づる式にわかるはずだ、と頭を悩ませていた。

すると、小さい何かが長机の端に座る自分の前に机の脚をつたってよじ登ってきた。

それは、雑面《ぞうめん》で顔を隠し、神楽装束に身を包んだ小指ほどの大きさの巫女さんであった。

それが、トコトコとペンを持つ優月さんの右手に近づいてきているのだ。

自分は受験勉強と試験のストレスで変な幻覚を視ているのではないかと自分を疑い始めたとき、その小さな巫女は片手に持った神楽鈴でシャリン……と優月さんが悩んでいる選択問題の回答のひとつを指し示したのだ。

このとき、初めてあの天満宮での出来事を思い出した。ここは信じてみるしかない、そもそも記念受験で落ちて当たり前なのだ、と腹を括った彼女は巫女さんに従って、その一問を塗りつぶした。

あとは、ずるずると答えが予想できるもので、彼女は思ったように問題を解いていった。

「自己採点では良いところまで行ってるんだと思う」

優月さんはにんまりとした顔で鈴木くんにピースサインを突き付けた。

次に鈴木くんの話になった。

彼は優月さんとは少し様子が異なり、苦戦に苦戦を強いられていた。まったくわからないというわけではないが、いまいち自信が無いのだ。特に、英語は知らない単語が多く、自分でもヤマ勘頼りなのはよく理解できていた。

と、そのときであった。

彼の頭の中に大きな溜め息が響いた。驚いて顔を上げるが、周囲には試験に集中する学生たちの姿のみ。気のせいかと思い試験問題に目を戻すと、今度は『二番』と苛立った男性の声が聞こえた。再び顔を上げても声の主は見当たらず、やがて同じ声が繰り返された。

(これってあれじゃね？　勉強してきた自分が無意識に正答を導き出してるんだ！)

変な勘違いをした鈴木くんは、その後、問題につっかえるたびに響く声に流されるままに問題を解いていった。

「俺も、受かってるとまでは言い切れないけど、補欠合格くらいはできそうかな、と」

驚くことに、ふたりは無事に記念受験に合格した。ただ、他の志望校はなぜか滑り止めまで落ち続け、たったひとつ合格した難関校に進学せざるを得なくなってしまった。

お互いの両親は喜んでくれたのだが、勉強に付いて行けるかどうか不安だったことは間違いない。まさか、受かってからも図書館で勉強することになるとは、ふたりとも思ってもみなかったのだ。

「あの頃は本当に授業についていくのが大変で、ふたりで図書館通いの毎日でしたね」

「そうそう。でも、そういうのが良かったのか、彼女の両親から反対されていた交際も段々と好意的に受け取られるようになって、今じゃけっこう協力的で」

「えっ？　うそっ！　初耳なんだけど！」

取材を余所に、ふたりの笑顔は本当に幸せそうであった。


——ただ。

入学手続きやオリエンテーションを終えたふたりは、お礼詣りに出向くことにした。

そこで精一杯のお礼やお賽銭を出し、ご祭神に心からの感謝を捧げる。

ところが、それぞれの自宅に戻ったふたりは、思いもよらぬ出来事に気づく事となった。

優月さんの場合、一番大事にしていたイヤリングが、どこを探しても見つからなくなっていたのである。

そして、鈴木くんの方は好きなバンドのギタリストがライブ中に投げたピックをたくさん持っていたのだが、それが半分ほど消え失せていたのだという。

どちらも合格からすると安いものだと笑顔で語ってくれたが、鈴木くんだけは気のせいか笑顔が引き攣っていた。

地獄めぐり（Osaka Metro谷町線・平野）

駒川中野駅と喜連瓜破《きれうりわり》駅の間にある谷町線の駅、平野駅。

そこから徒歩十分ちょっとの場所に、一つの石碑がある。

石碑には「含翠堂跡《がんすいどう》」と刻まれている。

含翠堂は、享保二年（一七一七年）に創設された大阪初の民間学問所で、運営は全て寄付で賄われていた。

それだけでなく飢饉に備えて積み立ても行われており、飢餓が広がりを見せた時には粥の炊き出しも行われて、身分を問わず学ぶことができた。明治五年（一八七二年）に新学制公布により閉鎖されるまでの百五十五年の間、窮民救済や多くの人々の教育に携わってきた施設で、「含翠堂」の木額は今は全興寺に保管されている。

全興寺は約千四百年以上もの歴史がある寺院で、全興寺にある聖徳太子の作と伝わる薬師如来像の本尊を安置した薬師堂を中心に、平たく町が作られたことから「平野」という地名の由来となった寺だそうだ。全興寺は地獄めぐりと極楽体験が出来る変わった寺としても有名で、私がお参りに行った時も、子供たちがきゃあきゃあと声をあげて地獄を楽しんでいた。鬼のいる地獄をめぐる楽しさだけでなく、石積み体験が出来るスペースまであるから凝っている。

そんな寺院の一角に、二十四日だけに開帳される首だけの地蔵尊がある。

何故首だけの姿で祀られているかというと、大阪夏の陣で真田幸村が徳川家康が立ち寄ることになっていた地蔵堂に地雷を仕掛け、爆殺を図った。

だが、たまたま家康の腹が下って用を足す為に、地蔵堂から離れていた時に地雷が爆発してしまい、暗殺しそこねてしまい、爆風によって地蔵の首が地蔵堂から約三百メートル離れた全興寺にまで飛んで行ってしまった。胴体の方は樋之尻口《ひのしりくち》地蔵《じぞう》の首なし地蔵と呼ばれていて、今も祀られている。

全興寺から五百メートルほど離れた場所にある長宝寺には、慶心という比丘尼が二度地獄めぐりをした伝説が伝わっている。だが、なかなか慶心の言うことを人たちが信じなかったことから、閻魔大王に証拠を求めたところ、仏舎利とハンコを押されて現世に戻って来た。

長宝寺の創建は、大同年間（八〇六年─八一〇年）で開山は坂上田村麻呂の娘、平野庄領主の坂上広野（坂上廣野麻呂）の妹の坂上春子（慈心大姉）だそうで、住職は代々坂上家の女子が補されることになっている。
慶心が閻魔大王に押されたのと同じ宝印と同じ文様の授与を毎年五月十八日に行っている。この印があると地獄に落ちても安心だとか、極楽へのパスポート代わりになると言われており、私は死んだら間違いなく地獄に落ちるだろうから、早いうちに貰いに行かなくてはと思っている。

現世にいながらにして、あの世を感じてみてみたいという人は、平野に行くといいのかも知れない。「亡女の片袖」が存在する幽霊博物館のある大念佛寺も同じ平野にある。

花塚山古墳のUFO（Osaka Metro谷町線・喜連瓜破）

仮称駅名は喜連駅《きれえき》だったが、当駅が喜連と瓜破の町界であったことから、喜連瓜破駅《きれうりわりえき》となった、難読地名としても知られる駅だ。

現在は多くの地下鉄駅に設置されているエレベーターだが、日本の地下鉄駅で初めて設置されたのがこの喜連瓜破駅だそうだ（一九八〇年一一月二七日の駅開業時に設置）。

そんな風に駅についての資料を読んでいるうちに、地名の由来が気になったので、色々と調べてみた。すると、由来には幾つかの説があることがわかった。

一つは、飛鳥時代の道昭（道照）という高僧がこの地を通りかかった時に、疫病が大流行していた。多くの苦しむ人々を目にし、道昭は疫病が鎮まることを願って経を唱えると、どこからともなく天神様の像が現れた。その天神様の像をお祀りし、瓜を二つに割ってお供えしたことで、疫病が収まったことから、この地域が「瓜破」と呼ばれるようなった。

ちなみに天神様を今も祀っているのが瓜破天神社とされている。

もう一つの説は、弘法大師が高野山へ登る途中に、この地を通りかかった時に水を所望したところ、名産の瓜を割（破）って住人がさしだしたことからこの名がついたという説がある。

平野区のサイトによると、「喜連は、一七九八年（寛政十年）刊行の「古事記伝」に「河内の堺なり、昔は河内に属して、万葉に河内国伎人郷とある處《ところ》なるを、久礼を訛って喜連と云うなり」と記され、かつては伎人郷とよばれ河内の国に属していた。のちに久禮と語られ、中世室町時代ごろから喜連とよばれるようになった」と記されている。

どちらにせよかなり古くから残る地名であるのは間違いないようだ。

さてそんな喜連瓜破駅から徒歩十五分ほどの場所に瓜破古墳群がある。

昔は大阪にはもっと多くの古墳があったらしいのだが、殆ど壊されてしまったので現存するのはかなり数が少なくなってしまった。

その中の一つ、花塚山古墳は、五世紀頃の古墳と推測されており、発掘調査が行われていないことから内部構造は不明だ。その古墳の上でＵＦＯを見たという体験を、瓜破東小学校に通う小学生が話してくれた。

瓜破霊園にお爺ちゃんのお墓参りに行った帰りに、古墳の上でピカピカ光るどら焼きに似た形の五メートルくらいの物が浮いていたので、親にあれは何かと聞いた。だが、「鴉でも飛んでた？　え？　なになに？」と言うばかりで親には光るどら焼きのような物は見えていないようだった。

翌日小学校で、墓参りの後に古墳で見た物の話をクラスメイトに説明すると、それはＵＦＯだと言われ、しかも同じような物を見たという子が二人いることがわかった。

その二人のうち一人は、古墳の上を虹色に光る物がぐるぐると高速で回転しているのを塾帰りに見かけたので、近くにいる人に動画を撮影するように呼び掛けようと思って周りを見渡した。しかし、運悪く近くには誰もおらず、ただそのＵＦＯだと思わしき物からひらひらと細長く、平べったい紙テープみたいな物を数本落として消えた。

紙テープみたいな物を拾いに行こうと思ったら急に、目の前に透明色の見えない壁のような何かに阻まれて前に進めなくなってしまった。

そこで怖くなって、大きな声をあげて家に帰った。ただ不思議なのはそれだけのことがあったというのに、何故かクラスメイトから光るどら焼きの話を聞くまで自分の体験談を忘れてしまっていたということだった。

一連の話を小学生から聞いて、単なる噂話、鴉除けが光を受けてそう見えた等の説も成り立ちそうな気もしたが、瓜破の地名由来で、瓜は瓜型ＵＦＯが破損したという説もあると地名を調べている最中に知り驚かされた。

しかも後日大阪の堺のライブハウスで怪談イベントをしている最中に、オカルトコレクターの田中俊行さんが喜連瓜破付近の住宅地の画像をスクリーンに映し出して宇宙人のシェアハウスを探しているという話を唐突に披露しはじめた。

田中さんの話によると、その家にはグレイ型をはじめとする宇宙人複数が住んでいると言い、画像を見ると確かにうっすらと宇宙人に似た姿の影が映り込んでいるのが確認できた。

こういう話が続く時は続くもので、森ノ宮で怪談会をした時も飛び込み参加の普段はOBP（大阪ビジネスパーク）でサラリーマンをしているという男性から「喜連瓜破駅の近くで、UFOを見たことありますよ、瓜にそっくりでパカッと二つに割れて紐みたいな触手が伸びてるのを見たことがあります」という話を聞いた。

喜連瓜破駅の近くの古墳はもしかしたらUFO基地なのかもしれない。

訳アリホテル（Osaka Metro四つ橋線・四ツ橋）

大阪市中央区は、ホテル稼働率と密集度が日本一なのだそうだ（平成二十九年調べ）。

さて、大阪に急な出張で来ていた新井さんという男性はこの日、とても困っていた。泊まるホテルが無いのだ。

ビジネスホテルはもちろんのこと、シティホテルもカプセルホテルも満室。ホステルやインターネットカフェにも電話で確認するも、生憎《あいにく》……と断られてしまう始末。ラブホテルも期待外れ、予算を度外視したラグジュアリーホテルにも当たってみたが、信じられないことに謝られてしまった。

どこかで超有名アーティストが大型ライブを開催するのか、コミックマーケットのような巨大イベントがあるのかわからないが、事実として宿を確保することができないのだ。

隣県まで移動すれば取れそうなものだが、終電で四ツ橋駅を降りたばかりだ。

春間近。野宿という手も考えなくはないが、運の悪いことに駅から地上に出た直後から小雨がちらつき始めている。

他に手はないか、大阪に友達はいなかったか、いろいろ考えを巡らすが決定的な解決策は閃かない。

そのうちに雨脚が大雨に変わる。

天気予報サイトを覗けば、一時間後には豪雨になると予想されていた。

途方に暮れた彼は、次に入ったホテルで交渉が徒労に終わったら、軒先でも貸してもらおうと覚悟を決めた。


自動ドアを潜り、一階のフロントで空き部屋がないかと問うと、外の雨を察してくれた従業員が苦笑した顔で対応してくれた。

「お客様、申し訳ございません。本日は満室でございまして、お部屋をご用意することはできません」

「あぁ……そうですか……じゃあ」

軒先を、と言いかけてその従業員が言葉を続けた。

「ですが、一部屋だけ……条件付きではありますが、ご用意がございます」

それを聞いた新井さんは、一瞬躊躇した。この言い方では、その部屋に何か不都合なことがあるのは明らかだったからだ。

「それはどういう？」

「ひとつはSNSなども含め他言無用です」

それは問題ない。そもそも自分はそういうものに興味が無い。

「ひとつ？　じゃあ他にも？」

「はい……これをお部屋に持っていってください」

話ながら従業員は背後の棚から、一体のお守りを取り出して新井さんの前に出してきた。

カウンターの上に置かれたのは、紫色をした普通のお守り。

「ええ………」

困ったのは新井さんだ。宿は取れない。しかし、ここには部屋があるという。だが、どう考えても『出る部屋』としか思えない。これに飛びつくべきか否か。

「これをお部屋の特定の位置に置いていただければ問題ございません」

「位置？」

「はい。ただ、申し訳ございません。わたくしも上の者から、あのお部屋にお泊まりになられる方にはそう伝えろとしか教えられておりませんので、詳細はわかりかねます」

話し終わった従業員は、どうしますか、といった感じで新井さんをじっと見てきた。

背に腹は代えられない。頷いた彼は、料金を支払うとお守りを受け取って、部屋に向かった。

――カチャリ。

部屋の前に来る。非接触のカードキーをドアノブの上にある読み取り部にかざすと、開錠する音が誰もいない廊下に小さく響いた。

ドアの隙間からおそるおそる照明が消えている中を覗くが、特に変わった様子は無い。

ドア横にあるカード入れにカードキーを挿入すると、部屋の天井にある照明が点いた。

中は、一般的なビジネスホテルのシングルで、左手にはユニットバス、その奥には机とテレビがあり、右手奥にはベッドが設置してあった。

――ぞくっ。

背筋に悪寒が走ったのは、部屋に一歩足を踏み入れた瞬間だった。

「これか……」

驚いて背を縮ませた新井さんは、独り言《ご》ちた。

とにかく、シャワーを浴びて寝てしまえば、問題のある部屋だとしても、何も見ずに、何も聞かずに、朝が来る。

そう考えた新井さんは、部屋に入っていった。

「なるほど、これのことか」

フロントを去るとき、従業員にお守りをどうすれば良いか聞いたのだが、彼は行けばわかるはずだ、としか言わなかった。疑問には思ったが、従業員はそれしか知らないらしい。普通、こんな都会のど真ん中にあるホテルでそんなことがあるだろうか、と部屋に向かうエレベーターの中で首を傾げたが、答えがわかるはずもなく。

ベッドのすぐ上。壁と接するヘッドボードに小物が置けるほどのスペースがあるのだが、そこに黒い線でお守りと同じ形の枠が書いてあった。

つまり、ここにお守りを置け、ということなのだろう。

彼は、部屋の気味悪さに震えながら、おそるおそるの手つきでお守りをその枠に重ねるように置いた。

その瞬間だった。まるで薄暗いフィルムが剥がされたかのように、部屋全体が明るさを取り戻した。同時に、不気味な雰囲気が嘘のように消え去ったのだ。

天井の照明も、さっきまでこんなものだと思っていたが、今や驚くほど明るく輝いている。まるで別の部屋に移ったかのようだった。

お守りは、謂わばカードキーと同じ、部屋を部屋として機能させる物のように思えた。

急な大阪への移動、遅くまで打ち合わせ、終電のあとの大雨。とにかく疲れていた新井さんは、早く寝ようとして先にシャワーを浴びることにした。ノートパソコンで報告書を作成して送信するのは、明日でも良い。

——ぞくっ。

荷物を床に置いて、ユニットバスに向かって数歩歩いた瞬間だった。

再び全身に怖気が立ったのだ。

部屋のドアを開けたときのように部屋が気持ち悪い。驚いて振り返ると、照明も明度が落ちている。

お守りがどうなっているのか確認しようとベッドへ数歩戻る。

と、また再び部屋はお守りを置いたときと同じようにさっぱりした空気に戻り、照明も明るくなっていた。お守りは、何の変哲もない。

気のせいかと、またユニットバスに向かうが、またもや部屋が元に戻った。

(……おや?)

何度かベッドとユニットバスの間を行き来し、次に窓際に移動してみた新井さんはそこで気が付いた。

（このお守り、有効範囲がある！）

つまり、お守りを中心に球体のような空間が部屋を浄化できる範囲で、そこから一歩でも出てしまうと、部屋は元に戻るのだと理解した。

いや、おそらく。

部屋はずっと薄暗く、陰鬱な雰囲気のままなのだろう。お守りが守ってくれる範囲に居る限り、部屋がまともに感じられている。そう考えるのが妥当だ。

幾度かの実験を経て、そんな考えに至った新井さんはシャワーを諦め、ベッドの上に置いてあった浴衣に着替えて、寝てしまった。

お守りを持ってシャワーへ行くことも考えたのだが、試しにあの黒枠から外してみると、途端に部屋の不気味な雰囲気が戻ってきた。どうやら、お守りはあの場所に置かれていないと機能してくれないようだ。


翌朝、ぐっすり眠れた新井さんはスッキリとした気分で起床した。フロントの従業員に言われた条件を思い出し、カーテンを開けようとベッドから離れた。

その瞬間、部屋の空気が一変した。昨夜の不気味な雰囲気が蘇り、背筋が凍りつく思いだった。しかし、意を決してカーテンに手をかけると、それを開けた途端、まぶしい朝日が部屋に差し込んだ。快晴だった。

陽の光とともに、部屋は驚くほど清々しい雰囲気に包まれた。その清々しさに浸りながら、ふとヘッドボードのお守りに目をやると、そこにはもうお守りが置かれていなかった。

驚いて思わず駆け寄ったが、どこにも落ちてはいない。起きたときには確かにあったはずだ。ちゃんと確認して安心していたのに。

不思議なことに、お守りは消えていても、太陽の光のおかげか、部屋はすでに何の変哲もない普通の部屋のままだった。

安堵した新井さんは、シャワーを浴び、身支度を整えた。そして報告書を作成して上司に送信すると、荷物を持って部屋を出て行った。


フロントへカードキーを返しに行くと、昨晩の授業員が対応してくれた。

新井さんがお守りの消失について説明し、返却できない旨を伝えると、彼は笑って応えてくれた。

「うちのスタッフの間では、お客様がカーテンを開けたときにこちらへ戻ってくるらしいと言うのが定説です……ほら」

彼は昨晩と同じように後ろの棚からあのお守りを取り出して見せた。

「まぁ、結局泊まれたから別に良いんですがね。もうずいぶん前の話だし。あぁ、そのホテルですか？　あれから何度も大阪に出張することはあったんですが、この前近くを通ったら様子が変わっていて。外観がリニューアルされていて、名前も違うんです。経営者が変わったんでしょうね。だから、今になってお話できたって訳です。その時は泊まらなかったので、あの部屋がどうなっているのかまではわかりませんけどね」

最後に従業員から部屋とお守りの写真を撮らないよう言われていたため、後になって有識者に相談することもできなかった。それでも、あのお守りのことが気になって仕方がない。今でも出張の際には、お寺や神社を訪れては似たようなお守りを探してみるのだと、打ち明けてくれた。

ピエロの飴ちゃん（Osaka Metro中央線・九条）

バース、掛布、岡田のバックスクリーン三連発と言えば、一九八五年（昭和六十年）、阪神甲子園球場で行われた阪神タイガース対読売ジャイアンツの試合で起きた劇的なホームランショーのことだ。

阪神のクリーンアップである彼ら三人が七回裏の攻撃時に、巨人の槙原投手から連続してバックスクリーンおよびその左に本塁打を放った出来事で、約四十年が経った今もなお、語り草になっている。

さて、東大阪市に住む桃香さんは、父親から事あるごとにこのバックスクリーン三連発をビデオで見せられて育ったそうで、二〇〇一年生まれの彼女の言葉を借りれば、彼女は純粋培養された生粋のタイガースファンなのだという。

したがって、プロ野球シーズンが到来し、ペナントレースが始まると、地下鉄一本で行ける大阪ドームに、まるで仕事のごとく通うようになる。

本来なら、長堀鶴見緑地線のドーム前千代崎駅が最寄り駅になるのだが、試合が終わると、観戦を終えた観客で大混雑が起きるため、彼女は比較的空いている九条駅を利用するのだ。

そもそも、乗り換えなしで帰れるのも嬉しい。

それは、彼女が高校生のとき、つまり六年前の真夏に起きた。


八月のある日、週末の対ヤクルト戦を友達数人と一緒に観戦し、勝利に酔いしれて帰る道すがら。この日は昼から友達たちと合流し、カラオケで遊んだあとに、四月以来の大阪ドーム戦を楽しみにしていたのだ。

予想通り、球場から駅へ向かう観客の波で歩道は溢れんばかりだった。

桃香さんたちは比較的空いている道を選び、それでも人混みに揉まれながら駅を目指した。

そんな中、群衆を逆流するように進む一人の姿が目に留まった。

おそらく帰宅する住民だろう。ドームの北側には住宅地があるし、きっとそこに住む人に違いない。そう思った桃香さんは、すぐに興味を失いかけた。

ところが、その人物が数メートル近づいたとたん、逆に視線が釘付けになった。

そこにいたのは、ピエロだった。

しかも、路上パフォーマンスやサーカスでよく見かけるような出で立ちではない。まるでシルク・ドゥ・ソレイユの舞台から飛び出してきたかのような、煌びやかな衣装に身を包んだ道化師の姿だった。

なぜこんな場所に?

最初に頭をよぎったのは、コスプレで観戦に来たものの何かを忘れて引き返しているのではないかという推測。あるいは、仲間内の罰ゲームでこうさせられているのかもしれない。

当人に尋ねるわけにもいかず、真相は闇の中だったが、とにかく奇妙な光景だった。

桃香さんの友人たちも同じように感じたらしく、ピエロに聞こえぬよう声を潜めながら、恐れと好奇心が入り混じった様子で感想を交わし合っていた。中には露骨にスマホを向け、写真を撮る者もいた。

無音カメラアプリを使えば気づかれないと高をくくっているのだろう。桃香さんもそれを制止する気はなかった。

しかし、不可解なことに、ピエロは桃香さんたちのグループに向かって真っすぐ近づいてきた。

冷やかしの言葉もカメラのシャッター音も、到底聞こえているはずがない。それにも拘わらず、ピエロは彼らに接近していく。濃厚なメイクに覆われた表情からは、その意図を読み取ることができない。

ピエロが桃香さんの真近まで迫ったその瞬間。

突如、ピエロの右手が彼女の左腕を掴んだ。

一同が息を呑んで事態を見守る中、桃香さんは声にならない悲鳴を上げていた。

しかし、周囲を行き交う帰宅客たちは、この異様な光景に気付く様子もなく、ただ無心に駅へと向かっていく。

（どうすれば……）

助けを求めようと、桃香さんが周囲を見渡そうとした瞬間。

彼女の左手に何かが押し込まれた。

それは、関西で「飴ちゃん」と呼ばれる、オレンジ味の個包装された一粒のキャンディだった。

「あ……ありがとう…………ございます？」

なぜ疑問形になったのかは自分でもわからなかったが、どうにか絞り出した返事は、喧騒に紛れてしまったのか、相手に届いたのかさえ定かではなかった。

ピエロは丁重に一礼すると、軽やかに手を振って、桃香さんたちが辿ってきた道を進み、瞬く間に人波に呑み込まれていった。

わっと友人たちが桃香さんの周りに集まり、先ほどの出来事について矢継ぎ早に質問を浴びせた。何が起きたのか、あのピエロは知人なのかと。しかし、これらの疑問に最も答えを求めていたのは、他でもない桃香さん自身だった。


翌日曜日。

この日も桃香さんは父親と共に対ヤクルト戦の観戦に訪れていた。試合後、九条駅へ向かう道すがら、前夜と同様の光景が繰り広げられた。再び、あのピエロから飴玉を手渡されたのだ。

当然のことながら、父親は娘に説明を求めた。しかし、桃香さんにできたのは首を傾げ、困惑の色を浮かべながら「わからない」と答えるだけだった。この不可解な出来事の真相は、依然として霧の中だった。


月曜日。

教室の休み時間、桃香さんは土曜の野球観戦で同行した友人たちと、例の奇妙なピエロについて語り合っていた。その会話は対策を練るというよりも、ピエロの正体をめぐる憶測で盛り上がるものだった。

桃香さんは、このような展開を予期してか、ピエロから受け取った飴を持参していた。それを取り出して見せると、友人たちは一斉に警戒心を露わにした。

「毒が仕込まれているかもしれないから、口にするのは控えたほうがいいよ」

しかし、好奇心は抑えきれないようで、すぐに別の提案が飛び出した。

「でも、どんな飴なのか気になるな。包装だけでも開けてみない？」

桃香さんも同意し、慎重に包装を開けていく。中から現れたのは、何の変哲もないオレンジ色の飴と紫色の飴が一つずつ。

しかし、そこで予想外の展開が待っていた。飴と一緒に、細長い白い紙切れが出てきたのだ。オレンジ色の飴に添えられた紙には『大吉』、紫色の飴のそれには『末吉』と、どちらも印刷ではなく手書きらしき文字で記されていた。

友人たちは興奮気味に様々な解釈を口にした。

「これは何かの呪いかもしれないね」

「きっと、すごくいいことと、ちょっとしたいいことが起きるんじゃない？」

半ば冗談交じりに、教室には笑い声が響き渡った。

桃香さんは半信半疑ながらも、あの奇妙な出来事には何かしらの意味があるのではないかと考えずにはいられなかった。一抹の期待と不安が入り混じる中、彼女は日々の生活に微かな変化の兆しを探っていた。

しかし、予想に反して、特筆すべき出来事は一切起こらなかった。朝は目覚まし時計で起き、学校に行き、帰宅後は宿題をこなす。そんな平凡な日々が、まるで何事もなかったかのように淡々と過ぎていった。

時折、桃香さんの脳裏に疑問が浮かぶ。

あの飴は本当に単なるおみくじ付きの菓子に過ぎなかったのだろうか。そして、あの不可思議なピエロは一体何者だったのか。

疑問は尽きないものの、しばらく野球観戦の予定もない。そう思うと、桃香さんは次第にこの出来事を意識の片隅に追いやっていった。日常の流れに身を委ねるうちに、あの晩の記憶は徐々に薄れていくようだった。


翌々火曜日。

対広島戦三連戦の開幕だ。

桃香さんは熱心なファンらしく、三日間とも観戦を予定していた。

初日は勝利に沸き、二日目は惜しくも敗れたものの、最終日に勝ちを拾い、タイガースは貯金1で締めくくった。

三日間、同行者は日替わりだったが、一つだけ変わらないことがあった。それは帰り道、例の謎めいたピエロから飴玉を受け取ることだ。

そして、三日目。この日、桃香さんは彼氏候補の健太くんと共にスタンドで声援を送った。帰路につきながら、桃香さんは健太くんにピエロの話を持ち出した。学校でも折に触れて話題にしてきたが、健太くんは半信半疑の様子だった。

「へぇ、本当にいるんだ、そのピエロ」

健太くんは軽くからかうような口調で言った。

「想像の産物じゃないの？」

桃香さんが反論しようとした矢先、例のピエロが姿を現した。

「あ！　ほら見て、来た！」

桃香さんは興奮気味に健太くんの袖を引っ張った。

ピエロは無言で近づき、いつもの如く飴玉を桃香さんに手渡すと、すぐに立ち去った。

「うわ……マジだ！」

健太くんは目を丸くした。

「でも、なんか不気味だな。表情も読めないし」

「でしょ？　私が言ったとおりでしょ？」

ピエロの背中を見送りながら、二人は熱心に話し合った。

九条駅から中央線に乗り込み、地元へ向かう車内でも、その話題は尽きることがなかった。

「次は僕も飴もらえるかな」

健太くんが冗談めかして言うと、桃香さんは軽く肘でつついた。

駅を降りた桃香さんは、健太くんに途中まで送ってもらうことにした。家の前までとなると父親に目撃される可能性があり、厄介な事態を避けるため、自宅まであと三分ほどの場所で別れを告げた。

一人きりになった桃香さんは、ふとポケットに手を入れた。今日受け取った飴玉が、いつもより大きく感じる。単なる気のせいかもしれないが、気になって足を止め、その場で包みを開けてみた。

外灯の光に照らされ、赤い飴玉が姿を現す。恐らくイチゴ味だろう。

しかし、桃香さんの目を引いたのは飴ではなく、添えられたお御籤だった。

「あれ？」

思わず声が漏れる。

「何も……書かれていない……？」

お御籤は真っ白だった。その事実が頭に浮かんだ瞬間。

——ぐいっ。

腕を掴まれ、振り返る間もなく口を塞がれた。

桃香さんの記憶は、そこで途絶える。


意識が戻った瞬間、桃香さんは異様な静寂に包まれた暗闇の中に佇んでいた。目を凝らすと、周囲には閉じられたシャッターと人気のない歩道が広がり、昼間の賑わいが嘘のような静けさが耳を刺した。見覚えのある景色から、大阪ドームの外周のどこかにいるらしいことが辛うじてわかる。

混乱し、戸惑いつつも、桃香さんは震える手で腕時計を確認した。

針は午前一時を指している。唖然とする彼女の中で、恐怖と疑問が渦巻いた。

「どうしてあたしがここに……？」

呟きは闇に吸い込まれ、返答はない。

数時間の空白。

いや、それ以上かもしれない。その間、何が起きていたのか。より正確には、何をされていたのか。答えは文字通り、闇の中。

突如、あのピエロの顔が脳裏に浮かび、桃香さんの背筋が凍りついた。あの無表情な化粧の下に潜む意図、そして飴に添えられた空白のおみくじ。全ては繋がっているのか、それとも単なる偶然なのか。

絶望感に押し潰されそうになりながら、桃香さんは立ち尽くした。どうすればいいのか。誰かに助けを求めるべきか。それとも、この異常な状況から逃げ出すべきか。判断力が麻痺し、彼女はただ暗闇を見つめるしかなかった。

ドームの巨大な影が、まるで全てを飲み込もうとするかのように、彼女の周りに広がっていた。

「そこに誰かいるのか?」

突如響いた低い声に、桃香さんは我に返った。

声のする方を見ると、制服姿の男性が懐中電灯の光を向けて立っているのが見えた。その姿は警備員か警察官のようだったが、闇と光の境目ではっきりとは判別できない。

「あの……私は……」

桃香さんは言葉を絞り出そうとしたが、喉が詰まった。人の姿を見た安堵感と、不審者と疑われる恐れが同時に押し寄せる。制服の存在が救いを示唆する一方で、自身の状況を説明できない焦りが募る。

言葉の代わりに、涙が頬を伝い始めた。それは恐怖の残滓か、それとも救われたという実感からか。あるいはその両方か。

男性は慎重に近づきながら、懐中電灯の光を桃香さんの顔に向けた。その眼差しには初め警戒の色が浮かんでいたが、涙に濡れた少女の姿を目にすると、次第に同情の表情へと変わっていった。

その後、彼女は警察に通報してもらい、無事、家族のもとへ送り届けられたということだ。

驚いたのは、桃香さんが意識を失っていたのは、男友達と別れてからの数時間ではなく、正確には丸一日と数時間だったのだ。この空白の時間に何が起きていたのか、誰にもわからない。

捜索願いはすでに出されており、警察や地域住民を巻き込んでの捜索活動が行われていた。狼狽し憔悴しきっていた家族は、桃香さんの無事な帰還に涙ながらに安堵した。友人たちは彼女の姿を見て、まず心配そうに駆け寄り、無事を確認すると安堵の表情を浮かべた。健太くんは自責の念に駆られながらも、彼女の帰還を心から喜んだ。

しかし、疑問は尽きなかった。一日以上も人目につく場所で立ち尽くしていたのなら、なぜ誰も気づかなかったのか。それとも、まったく別の場所に連れ去られていたのだろうか。通行人は彼女の異常な状態を見過ごしたのか、それとも通報を躊躇したのか。これらの謎は、未だ解明されていない。

この出来事以降、桃香さんは必ず父親同伴で甲子園球場や大阪ドームに足を運ぶようになった。さらに、スマートフォンの位置情報共有アプリを常時オンにし、友人や家族と常に連絡が取れる状態を保つようにした。しかし、あの不可解なピエロの姿を再び目にすることはなかった。

一体、あのピエロは何を目的としていたのか。そして、失われた一日と数時間の間に何が起きていたのか。

今でも、それを想像すると身震いがするのだ、と桃香さんは肩にかけていた虎の法被《はっぴ》を頭からすっぽりと被った。

楠の巨木のこと（Osaka Metro中央線・深江橋）

八王子神社御旅所《おたびしょ》に樹齢千三百年を超える楠の巨木がある。

そのことから、近所の人たちの間では「楠神社」とも呼ばれているらしい。

この楠は、明治十八年（一八八五年）の淀川大洪水の時に、村人四十数名が木の上で三日間、水が引くまで避難して命が助かったそうだ。

今も見惚れる程大きな楠は青々とした葉を茂らせていて、神社もお参りする人が絶えない。


八年程前の怪談会で、この楠に纏わるこんな話を聞いた。

「何もかもうまくいかない時期が続いたんです。親父が負債を残して死んでしまったうえに、ショックからか母親がボケちゃって。その上悪いことは重なるみたいで、弟が難病を患っていることが発覚したりと、もう踏んだり蹴ったりだったんです。一度にどっとそういうことが起こったもんだから、何をどうしていいかわからなくなって。やることは沢山あって、目の前のことで精いっぱいで、もう何もかも嘘で全部終わってくれ！　なんて願うこともありましたね。

毎日ろくに寝ないで介護と仕事に明け暮れて、自分の全ての時間を犠牲にしてもプラスにならない日常っていうのがこんなに辛いなんてね、思ってもみなかったから。

最初はなんとかなるだろう。どうにか乗り切れるって己に言い聞かせていたんですが、ある日ぷつっと糸が切れるみたいに、自分の限界がきちゃって髪の毛をぶちぶち毟って『あーーーー！』って声出しながら戸を開けてね、そっから靴も履かずに外に出たんです。

で……記憶が途切れて、気が付いたら楠神社の大楠の木の下にいたんです。

楠の下で、木漏れ日がキラキラ光っていて、ダイヤモンドみたいに見えました。降り注ぐ光を浴びながら木に思わず抱き着いてしまって、すうっと深呼吸したら気持ちが凪いだんです。

やりかけの事がまだ一杯ある。家に帰ろうって、頭がすっきりしてまた思えるようになったんです。それからね、頭の中のゴミがすっと消えたみたいになって、行政に連絡したり、ちゃんと人にどう頼ればいいかがなんとなくわかるようになって、今は前のように追い詰められることは減りました。そりゃ完全には無くならないし、日常的に生きるのって辛いなあって思うことはまだまだありますよ。だけど、そういう時にまたねあの楠の巨木を見に行くことにしているんです。そうするとね、まだ糞みたいな日常と戦えるなって、気持ちをリセットできるんです。

あの木にたぶん神様みたいな存在がいて、人を励ましてくれているんだと僕は思っていますよ。きらきらっと光が心地いいなって、あの神社に行くと感じるんです」

托鉢僧（Osaka Metro千日前線・鶴橋）

鶴橋駅は、大阪市天王寺区にあるJR大阪環状線と近鉄が交差する駅だ。この駅周辺は、大阪市内でも特に焼肉店が密集している地域として知られている。駅の高架下や周辺には、焼肉店をはじめ、朝鮮料理店、食材の小売店、漬物店などが立ち並び、特に夕方になると駅構内にも焼肉の香ばしい匂いが漂う。

この独特の雰囲気から、鶴橋駅周辺は環境省の「かおり風景100選」に選ばれた。また、駅の南西側には朝鮮半島の商品を扱う高麗市場があり、東側には新鮮な魚介類が入手できる鶴橋鮮魚卸売市場がある。これらの特徴により、鶴橋は大阪における食の宝庫として広く認知されている。多様な飲食店と市場が集まるこの地域は、独特の雰囲気と魅力的な食文化を持つ場所として、多くの人々を惹きつけている。

新宿の居酒屋で隣席に腰を下ろした小林さんは、昭和末期に雑誌記事を執筆するフリーライターとして活動していた経歴を持つ男性だった。

小林さんの話によれば、担当していた仕事の大半は穴埋め記事であり、何らかの話題でページを充填できれば事足りるといった類のものだったという。

昭和の幕が閉じようとしていた年の瀬、ある編集部から依頼を受け、鶴橋駅付近に軒を連ねる焼肉店に関する記事を手掛けた。

この取材体験を機に、小林さんは焼肉に魅了されたらしく、折に触れて焼肉店を訪れ、酒場がわりに利用するようになった。

爽やかな青空が広がる晴れ渡った日のこと。

小林さんは日中の鶴橋駅前に姿を現していた。比較的自由な時間を持つ彼だが、昼間から酒を口にするのは、何か心に引っかかることがあった場合か、非常に喜ばしい出来事があった場合の二つに限られており、そういった折に飲みに繰り出すのだった。

（おや？）

その瞬間、駅前に佇む一人の男性が彼の目に飛び込んできた。稀有な光景に遭遇した。

現代において、このような人物が存在するとは。記憶を辿れば、最後に目撃したのは確か……東京でプロ野球観戦に出かけた際だろうか。

彼の視線の先には、小柄な托鉢の僧侶が一人。駅前の雑踏の中に、その姿は異彩を放っている。背中を丸め、両手で大きな鉢を抱えるように持っていた。僧衣は薄茶色で、やや色褪せて見える。頭には笠を傾けて被り、髪型は見えないものの、顔ははっきりと視認できた。六十代ほどの年齢を感じさせる、穏やかな表情が印象的である。特に目を引いたのは、右手に握られた小さな鐘だった。時折、かすかに「チリン」という澄んだ音が辺りに響いていた。その姿は、現代の喧騒とは不釣り合いな、どこか時代がかった雰囲気を醸し出していた。

時間的余裕は十分にあった。誰かとの約束があるわけでもない。

好奇心に駆られ、彼は僧侶に歩み寄り、椀に幾らかの小銭を投げ入れた。

僧侶は深々と頭を下げ、ありがとうございます、と静かな声で礼を述べた。その声は穏やかで、年季の入った響きを持っていた。顔を上げると、六十歳ほどの老僧の姿が現れた。深い皺の刻まれた額、穏やかな目元、そして白髪交じりの薄い眉毛が、長年の修行の跡を物語っていた。

「…………」

小林さんは僧侶を凝視し、無言のまま立ち去った。

当初は、布施に対する僧侶の反応を観察したいという単純な興味からだった。しかし、実際に目にした今となっては、想像通りの反応に物足りなさを覚え、関心は薄れていった。

数日後、小林さんは再び昼下がりの鶴橋駅前を歩いていた。今回は別の取材で訪れていた。

その時、目に留まったのは托鉢の僧侶の姿だった。同一人物かどうかは定かではない。

傘で髪型は隠れ、顔だけが見える状態だった。一度しか見ていないため確信は持てないが、小柄な体格から恐らく同じ人物だろうと小林さんは推測した。

僧侶の前を通過しながら、小林さんは彼を頭からつま先まで観察した。こんなに天気の良い日に、駅前に立ち尽くす姿に感心せざるを得なかった。

（……ん？）

小林さんの心に疑念が芽生えたのは、ほんの一瞬の出来事だった。

陽光の具合か、あるいは単なる錯覚か。僧侶の顔を特定の角度から見た瞬間、思わず目を疑った。

――狐。

僧侶の容貌が突如、獣の姿に変貌したのだ。細長い鼻先と鋭い目つきを持つその顔は、明らかに狐のものだった。特に目を引いたのは、年齢を感じさせる白い体毛だ。顔の大半を覆う白髪交じりの毛並みは、まるで霜が降りたかのように輝いていた。深いしわの刻まれた目元には、何かを見透かすような鋭い眼光が宿っていた。傘の下から覗くその表情は、長年の月日を経た老獪な狐を思わせ、到底人間のものとは思えなかった。

しかし、僧侶の顔は突如として元の人間の姿に戻っていた。

その変化に気づいた小林さんは息を呑み、足を止めた。

いや、「戻る」という表現は適切ではないかもしれない。単なる見誤りである可能性が高いのだから。

まさに狐に魅入られたかのような表情を浮かべた小林さんは、僧侶から目を離さずに一歩、また一歩と後ずさりした。

すると再び、僧侶の顔が一瞬だけ狐の姿に変化した。

今度は僧侶も気づいたのか、小林さんの目をじっと見つめ返してきた。

――錯覚ではない。

不可思議な現象に遭遇してしまったことを悟った小林さんは、後悔の念に駆られた。声は上げなかったものの、踵を返すや否や全力で走り去った。

その不可思議な体験以降も、小林さんは幾度となく鶴橋駅を訪れていた。取材の名目で足を運んだり、単に焼肉が食べたくなったという口実を設けたりしながら、内心では例の僧侶の姿を探し求めていた。

ある夜、小林さんは原稿料を不当に減額されたことへの憤懣を晴らすべく、鶴橋駅から歩いて行ける距離にある焼肉店を訪れていた。

テーブル上には牛肉と豚肉の盛り合わせが並び、彼が予約したボトルが一本置かれていた。

小林さんは常連客の扱いを受けてか、ゆったりとした四人掛けの席に案内された。店内は、焼肉の香ばしい匂いと炭火の煙が漂う、活気ある雰囲気に包まれていた。赤を基調とした内装に、昭和の雰囲気を残す照明が温かみを添えている。開店から間もない時間帯らしく、客の姿はまばらで、カウンター席に一組、奥のテーブル席に二組ほどが食事を楽しんでいるだけだった。静かな店内に、時折聞こえる肉の焼ける音と、軽やかな会話が心地よく響いていた。

ようやく飲み始められると安堵の息を漏らし、卓上の肉を数枚網の上に置いた。氷の入ったジョッキに手を伸ばそうとした瞬間、小林さんは呼び止められた。

「あの、お連れ様が……」

アルバイトらしき大学生くらいの女性店員が、右手でレジ付近の入口を指し示している。今日は独りで来たはず。誰かと飲む約束をした記憶はない。そう思いながら店員の指す方向に目を向けると、そこには例の僧侶が微笑みを浮かべて立っていた。

僧侶の姿は、先日見かけた托鉢の装いとは打って変わっていた。柔らかな茶色のウールのカーディガンを羽織り、その下には薄いベージュ色のセーターを身につけていた。濃紺のゆったりとしたスラックスと、履き慣れた感のある茶色の革靴が、秋の装いを完成させていた。その姿は、どこにでもいそうな温和な老紳士を思わせた。

女性店員は僧侶が席に着くのを確認すると、軽く会釈をして、厨房へと続く通路を通って店の奥へと姿を消した。その後ろ姿が見えなくなるまで、小林さんは無意識のうちに見送っていた。

「悪いね、イライラ解消のひとり飲みの最中に」

なぜそれを知っているのかを問おうとした瞬間、僧侶は先ほどの店員を呼び止めた。

「これとこれを、あと……これ。ああ、ビールで良いかな」

注文を書き留めた店員は、再び店内の向こう側へ姿を消した。

「で……あんたよく気づいたね。こんなことは三十年ぶりだよ」

その意味を尋ねる余地はなさそうだった。小林さんは無言で頷き、相手の話の続きを待った。

「まあ、別に気にしちゃいないよ。まれにあることだ」

「お待たせしました、ハラミとロース。と、生です」

丁度そのとき、注文した料理が運ばれてきた。

「おほっ、来た来た。あんちゃんもこの店に来るとはわかってるじゃねぇか。美味いんだよ、ここの肉は。ちゃあんと下処理がされていて、手抜きが無い」

この店の料理を相当気に入っている様子で、僧侶は目尻を下げて微笑んだ。そして、箸を巧みに操り、肉を皿から摘み上げた。意外だったのは、焼肉店であるにもかかわらず、肉を焼かずに生のまま口に運んだことだ。

不快な咀嚼音が聞こえてきたが、小林さんにはそれを気にする余裕などなかった。

「訊くべきじゃないかも知れないが、あんた本当に……キツ」

ようやく乾いた喉から声を絞り出した。「ネ」と続けようとした瞬間、言葉が詰まった。

鋭い眼差しを向けられたのだ。

「こんな場所で言うもんじゃあねぇな。いやいや……金輪際誰にも言うな」

厳しい目つきのまま、一気に酒を喉に流し込み、手の甲で唇を拭った。

その所作が、どこか狐を思い起こさせた。

「まぁ、明日から大阪を離れるがね。それでも誰にもしゃべっちゃ駄目だ。ちゃあんと見てるからな。わかるんだよ、そういうときは」

小林さんは言葉を失っていた。室温は変わらないはずなのに、彼の膝の上に汗の粒が滴り落ちる。

しばらくの間、二人の間に沈黙が降りた。小林さんは凍りついたように動かず、対する僧侶は黙々と飲食を続けた。

「ふう……ごちそうさまでした」

僧侶は、らしく合掌をして食べた命に感謝した。

「それだけ伝えたくてね。すまないが、ここはあんたの奢りで頼むよ。托鉢じゃそんなに稼げないしな」

そう告げると、僧侶は席を立った。

「あぁ……あんたぁ、塩派か。タレの方が美味いってんのに、愚かしいことだな」

見下ろされる形になった小林さんに最後にそう言い残すと、僧侶は異様に長い舌をちらりと見せ、唇の周りを舐めた。その仕草は、まさに化け狐そのものを彷彿とさせた。


「そんなことが昔、ね。ただ、喉元過ぎればなんとやらって、ライターの性分か、誰かに話したくなるわけ。で、俺がかみさんなり子どもなりに話そうとすると、どこからともなく『ちり～ん』って、あの托鉢僧が持つ鐘の音が。話すな、見てるぞって意味だろうね。そしたらもう怖くて、何も何も」

しかし、今この瞬間、小林さんは取材に応じているのだ。

「それが五年前くらいに話せるようになったんだよ。ちょうどあいつに釘刺されてから三十年後か。死んだか……俺に興味が無くなったか、神通力みたいな何かが消えたのか……別の人間に見つかったのか……よくわからねぇが、そんな事より、その焼き鳥、あんた塩派かぁ、タレの方が美味いのにな、この店」

そう言いながら、彼は手の甲に付着したタレを舌先でそっと拭い取った。

弁天祠（Osaka Metro長堀鶴見緑地線・大阪ビジネスパーク）

大阪城のほど近くにある大阪ビジネスパーク駅は、週末になると大阪城ホールのイベント客等で賑わいを見せる。

その駅の程近くで、かつて大阪夏の陣で自害した淀君の遺骨を納めた弁天祠があったそうだ。このことから、OBP（大阪ビジネスパーク）には弁天抽水所という名の抽水所があると、かつて警備員をしていたNさんから聞いた。

「大阪城落城の時に秀頼と共に三十名の城内の人々と共に自害した淀殿の遺骨は、大坂城外に埋められて「弁天祠」として祀られたそうです。淀君の名を神社に冠することを避けたのは、徳川家の批判を避けるためだったたって説があるって僕は聞きました。

それがたぶん、今のOBPの辺りじゃないかって言われていますね。

歴史とか全然詳しくないし、興味ないんですけどね、そんな自分がどうしてこういうことを知っているかっていうと、妙な体験をしたからなんです。

警備員をやっていた時に、弁天抽水所の近く……具体的にいうと五十メートルくらい離れた場所で赤い着物姿の、髪の毛がぼさぼさの人がぼやーっと茂みの中に紛れるようにして立っていたんです。ちょうど夏の頃だったんで、花火大会帰りの女性が乱暴でもされたんだろうか、それとも酔っぱらって突っ立っているだけなのか……。

どちらにせよ尋常じゃない気配をその女性から感じたんで、大丈夫ですか？　警察呼びますか？　って声かけしたんです。

そしたら突然、ケキャケキャケキャケキャって笑い声をあげてその女性が赤い二メートルくらいの光の帯になって、大阪城の堀の方に飛んでったんですよ。

そんなのを見たって、馬鹿にされることを覚悟して同僚に話したら、それは魔物か淀君の幽霊のようなもんじゃないかって言われたんです。

淀君の名前は聞いたことあるなって程度だったんで、この辺りとどう関係するのか気になって調べたんです。

僕いろんな人に聞いたんですけれど、あの辺り……まだ何かいるみたいですよ。

それが淀君の霊なのかどうかはわからないんですけどね。そもそも、淀君の祠は明治十年に生国魂神社に移祀されてるんですよ。僕が見たの、あれなんだったんでしょう……」

Nさんはそう言って、週に一度はあの辺りを通るたびに写真を撮っているといってスマートフォンに保管した画像のファイルを見せてくれた。

幾つかそこに赤い光が映り込んだものがあり、人によっては見た後に体調を崩してしまうそうだ。

蒲生墓地（Osaka Metro長堀鶴見緑地線・京橋）

地下鉄京橋駅に隣接するコムズガーデンに祀られている地蔵尊は、もともと蒲生墓地《がもうぼち》にあったのだそうだ。

蒲生墓地は大阪七墓の一つで、地下鉄京橋駅からは歩いて五分程の場所にある。大阪の繁華街のど真ん中で、しかも駅近くなのに、なぜ古い墓地が残っているのか不思議に思っている。

ある雨の激しい日に、蒲生墓地を管理されている方から、こんな話を聞いた。

「ここの墓地に女性の幽霊がいますよ。昔からずっといて、あまり恐いという感じはしませんね。何か作業をしていると、覗き込むように見に来るんです。後ろに立っている気配がしたり、長い髪がね、パサっと下りてかかるような音がしてわかるんです。ああいるなあ、見ているんだなって」

裏手にある居酒屋の方からも同様の話を聞いた。店の喧騒の中でも、かたづけをしている最中でも誰か見えない者がいるな、こちらをうかがっているなと感じる時があるそうだ。その見えない者はどうやら女性で、しばらくこちらを観察するとふっとどこかに立ち去って行くという。

「猫に似てるんですよ。気まぐれで、いたい時にしかいない。こっちが構おうとして意識を向けるとぷいってやっぱりいなくなっちゃう。逆にね、意識していないフリしてお皿やグラス洗ってる時なんかずっと側にいることがありますね。幽霊だから、息はしていないと思うんだけど、後ろっからね、すぅーはぁーって呼吸する音が聞こえたこともあります」

蒲生墓地に葬られているのは、武家の者はおらず商人が多いらしく、易者や力士、噺家だった人達が眠っている。

そんな墓石の一つは「なぞかけ墓」として知られている。

「人」「二」「ハ」「一」「二」と刻まれていて、これはどういう意味かというと、「一」は芯棒＝辛抱と読み、「人には辛抱が一番」となる。

これは花火師だった人が、子々孫々に商いをして金を得る為に人には辛抱が一番大切だということを説いていたなぞかけで、これらを全て合体させると漢字の「金」になる。

墓地の裏手の居酒屋の客で、この教訓墓の周りを若い女性がくるくると回るように動いていたので何か探しているのかなと思い、声をかけようかなと思ったら足が透けているのに気が付いて、ビールの入っていたジョッキを落としてしまったという体験談を聞いた。

もしかしたら、墓石の謎かけの意味がわからず幽霊が困っていたのかも知れない。

複数の、それも共通点も交流も何もない人から似た幽霊譚を聞いたので、実際にその女の幽霊は蒲生墓地に私は今もいると思っている。

懐かしい味（Ｏｓａｋａ Ｍｅｔｒｏ今里筋線・新森古市）

藤林さんは幼少期をＯｓａｋａ Ｍｅｔｒｏ今里筋線新森古市駅周辺で過ごした。

東京への移住は小学校入学直前に決定。父親の転勤に伴い、藤林さんの入学時期に合わせての転居であった。

以来、東京都内での生活が継続し、五十代を迎えた現在も古着店の経営に邁進する日々を送っている。

物語は二十年前に遡る。

当時、彼は従妹の婚礼参列のため大阪を訪問。従妹の父の厚意により、梅田近辺のホテルに宿泊していた。

式典終了後、親族への挨拶を済ませ、ホテルに戻り、夕食を摂取、入浴を経て就寝した。

翌日、即刻新幹線で帰京する予定だったが、新規開店した古着店の留守を預かる恋人への土産を物色しているうちに、足が自然と昔の住処である新森古市駅へと向かった。

駅を出ると、新森商店街が広がる。千林商店街から延々と続く商店街群が一体となった光景が広がっていた。

彼は懐かしさに包まれながら、街並みを散策した。

その中に、幼少時によく父に連れて来られた食堂が目に留まった。特段空腹ではなかったが、彼は店頭のショーウィンドウを一瞥し、引き戸を開けて店内に足を踏み入れた。

店内には、新聞を読む客と漫画に没頭する客の姿があった。懐かしさと共に、見知らぬ要素も混在していた。

幼年期の記憶にない光景が目に飛び込む。恐らく、老朽化に伴う改装の痕跡だろう。壁のメニュー表も、新旧入り混じり、当初は白かったものが黄ばんでいるものまで様々だった。

店内を見渡した彼は、近付いてきた店員にチャーハンと餃子を注文。幼少期、父と商店街を訪れた際は、大抵同じ料理を所望していたと記憶している。

注文後、彼はポケットから手帳を取り出し、書きかけのページを開いた。そこには新規開店した古着店の経営に関する記述があった。要するに、彼の店は古着ブームの渦中にありながら、必ずしも順風満帆とは言えない状況だった。

熱心に手帳を見つめていると、不意に三枚の皿が彼のテーブルに並べられた。チャーハンと付け合わせのスープ、そして餃子である。

給仕した男性は一目でわかるほど体格が良く、太い低音で彼に声をかけた。

「ほら食べな」

一言残して厨房へと姿を消した。

手帳を片付けると、彼は食事を開始した。

雑然としたチャーハンは、塩や胡椒の分布も均一でなく、卵の大きさもまちまち、米の固まりも見受けられた。しかし、その不揃いさが逆に懐かしさを呼び起こし、幼年期の記憶を蘇らせた。

彼は驚くべき速さで料理を平らげた。

満足感に浸り、大きな溜息をつき、額の汗を拭う。

「お待ちっ！」

一息つくや否や、厨房から現れた男性が藤林さんの席に駆け寄った。

驚いて顔を上げると、男性も同様に驚いた様子だった。

「ねえ、このお客さんのテーブル、片付けてなかったの？」

男性は奥の厨房に向かって声を張り上げた。

「今日、まだお客さんって三人目よー？」

女性の声で返答がある。

「んなわけ……えへへ、お客さんすみませんね。これ、どうぞ。で、すぐ片付けますから」

男性店員は、愛想笑いを浮かべながら、器用に手に持っていた盆の上の料理と、テーブルの空になった皿を入れ替えた。

もう食べ終わったとは言い出せず、藤林さんは覚悟を決めて胃に料理を流し込んだ。

その味は、先ほどの未完成な料理とは異なり、腹八分目の彼にとってもきわめて美味であった。

上体を少し前傾させれば食道まで詰まったものが溢れ出しそうなほど満腹になった彼は、席を立って会計を済ませた。

「また来なよ」

店の引き戸を開けて外に一歩踏み出し、扉を閉める瞬間、あの太い低音が彼の背中に届いた。

「ああっ！」

その瞬間、彼は気付いた。なぜ気付かなかったのかと自責の念に駆られると同時に、涙が溢れ出た。

それは、幼い頃に父に手を引かれてよく訪れたこの店の主人の声だった。好き嫌いの多かった藤林さんが口にできた数少ないメニューの中で、彼が愛したチャーハン。

最初に供されて食べたチャーハンこそ、あの頃の味そのものだったのだ。

慌てて店内に引き返したが、声の主は見当たらない。

不思議そうな顔で彼を見つめる男性店員に尋ねると、「それ……オヤジかも知れないですね」との返事。

数年前に他界したとのことだった。

きっと経営難の自分を励ますために現れてくれたのだと、彼は感謝の念を抱きながら店を後にした。

「そんな出来事があって、東京に戻ってからは必死でしたよ。確かに、一時のブームで勢いに乗った時期もありましたが、紆余曲折の連続でした。ただ、娘は嫁ぎ、息子も独立し、何とかやっていけています」

苦境に立たされた際は、あの味を思い起こして奮起するのだと、家族の写真を見せながら微笑んだ。

新開地のドヤ（神戸市営地下鉄西神・山手線湊川公園）

電車の長旅で知り合った斉藤さんという五十代後半くらいの男性から、静岡を横断する走行中の車内でこんな話を聞いた。

彼は、大学時代、ジャーナリズムを学ぶ学生だった。ある秋、学校の課題で都市の裏側をテーマにしたルポルタージュに取り組むことになり、取材のため兵庫県神戸市の新開地に一週間ほど滞在したそうだ。当時、新開地には格安の宿が数多く存在していた。

新開地は、神戸市営地下鉄、西神・山手線を湊川公園駅で下車すると目の前にある。一九〇五年（明治三十八年）に旧湊川を埋め立てた跡地に自然発生的に誕生した。短期間で芝居小屋や活動写真小屋が立ち並び、『東の浅草、西の新開地』として全国有数の娯楽の中心地となった。

新開地（神戸市兵庫区）は、戦前から戦後にかけて神戸随一の繁華街として栄え、多くの労働者が全国から集まり、簡易宿泊所（通称・ドヤ）が並んでいた。しかし、繁栄は三宮に移り、バブル崩壊、阪神・淡路大震災、リーマンショックなどの影響で、街は縮小し、労働者は姿を消してしまっている。

特に、乱立した簡易宿泊所は鳴りを潜め、現在に至っては、一軒しか残っていない。


斉藤さんが、ある簡易宿泊所を訪れたところから、話は始まる。

薄暗い受付に立つ斉藤さんの姿が、古びた照明に照らし出される。彼が一週間の宿泊を申し出ると、カウンター内に座る年配の男性がゆっくりと顔を上げた。

男性は愛想笑いすら浮かべずに対応した。

「合計でこの金額……ね」

斉藤さんは提示された金額を、少し躊躇いながらも男性に手渡した。男性は軽く会釈し、無言で鍵を一つ差し出す。

斉藤さんはその鍵を手に取り、じっと見つめた。部屋番号どころか、何の印も刻まれていない。まるで路上で拾った鍵のようだ。困惑の色が斉藤さんの顔に浮かぶ。

その表情を察した男性は、ヘラリと笑った。

「二階に上がれば、わかりますよ」

男性の言葉に親切さが感じられたものの、斉藤さんの胸に不安が広がる。期待に似た感情も芽生えたが、それは不安の影に隠れてしまった。彼は鍵を握りしめ、階段へと向かった。

いったい何の事かと思いながら、薄暗い階段を上ると、左手に長く延びる廊下があり、その途中で一枚開け放たれている扉が見えた。おそらくは、あの扉の部屋が自分の泊まる場所なのだろうと当たりをつけた斉藤さんは、ひとつ溜息をついて廊下を進んで行った。

中は、不衛生極まりないものだった。二畳あるかないか。隅に折りたたまれた煎餅布団と枕。曇りガラスの窓。そして、小さなちゃぶ台と陶器の灰皿。テレビは無い。

彼は部屋の真ん中に座ると、一服し始めた。煙草は休憩に必要不可欠だ。

「さて、夕飯をどうするか……」

独り言ちたとたん、不気味な声が聞こえてきた。斉藤さんは息を呑み、耳を澄ませた。

ぶつぶつと何かをつぶやくような声。そして、お経を読むような声。

最初は、どこから聞こえてくるのかわからず、斉藤さんは微動だにできなかった。だが、じっと聞いているうちに、音源の方向が少しずつわかってきた。

左側からは、低い声で何かをつぶやいている。右側からは、読経らしき調べが響いている。

つっ……と暑くもないのにこめかみを汗が流れる。

彼は声を確かめるため、そっと廊下に出た。左の部屋の扉に耳を付けると、中から何か独り言のような声が聞こえてくる。次に、右の部屋の扉に耳を寄せると、すぐに読経の声がしているのがわかった。間違いない。部屋を変えて欲しいが、あの受付の様子だと対応などしてくれないだろう。それに、二階に上がって開いている扉は自分の部屋だけだった。自分が入って満室ということだ。上にも階はあるが、あの年配の男性の言い方からして期待はできない。

その推測に至った斉藤さんは、諦めた表情で自分の部屋に戻った。

扉を閉める途中、また別の部屋から、うるせぇ！　と聞こえた気がしたが聞かなかったことにして、喫煙を続けた。

煙草の煙が部屋に満ちる中、斎藤さんは窓を開けた。外はすでに日が落ち始めている。腹が鳴り、腕時計を見ると午後八時を過ぎていた。

「飯、食いに行くか」

斎藤さんはは立ち上がり、部屋を出た。階段を下りた時、受付の男と目が合ったが、男は無言で目をそらした。

近くの立ち食い蕎麦屋で夕食を済ませたあと、宿に戻った。

部屋に入ると、両隣からの奇妙な声は相変わらず聞こえていたが、さっきほど気にならなくなっていた。

軽く読書をしてその日は眠った。

が、寝つきが悪い。やっと寝ても二時間おきに夢を見て汗だくで目覚めてしまう。夢の内容はまったく思い出せないが、悪夢だったということはぼんやりと頭に残っている。

起きたのは、深夜や夜明けだったが、それでも相変わらず両隣から例の声は聞こえ続けていた。確実に、このせいで夢見が悪いのだと彼は額の汗を拭った。

それから二日、三日と経ち、四日目のことだ。

耐えられなくなった。昼間は神戸や新開地、神戸ポートアイランドなどを回り、記事になりそうな場所の写真をカメラに収めていたが、宿に帰ればノイローゼのような時間が始まるのだ。

自然と憎悪がまだ見ぬ隣人に向く。そもそもの原因だ。他の部屋はいつもひっそりとしている。だいたいの労働者は外で飲むなり何なりして発散して帰ってきている。それが、隣人たちはどうだ。毎朝、毎晩、毎日。お経だかつぶやきだか知らないが。

とにかく、今日こそ問い詰めてやろう。

この日、夜遅くなってしまったが、斉藤さんは宿に戻り、二階に上がると足音にも感情を乗せて、ドタドタと歩き出した。

――ギィ……。

扉が開いたのはその時だった。

左隣の隣人が部屋から出てきたのだ。

「あっ！　どうも、お隣さんですよね？　すみません、毎日毎日。実はですね」

斉藤さんと目が合うなり明るい声で話し掛けてきた隣人は、元は白色だったシャツとモモヒキ姿の初老の男であった。

「実は、私、とある宗教に入信してまして、ぜひ貴方もどうかと思って声を掛けさせてもらった次第なんです、どうですか？　この先の人生がすっきりしますよ？」

勧誘されたものの、斉藤さんはひとつの疑問で頭がいっぱいになっていた。

なぜ、この男は自分が隣の部屋に宿泊していると知っているのか？

この四日間、一度も顔を合わせたことは無い。外でインタビューした人に、こんな人はいなかった。では、なぜお隣さんと決めつけて話し掛けてきたのか。自分は、廊下を歩いていただけで、自室の扉には手をかけてもいない。

「い……いえ、も、申し訳ないんですけど、き、興味ありませんし、入りもしません！」

いまだ続く男性の熱心な勧誘に目を逸らしつつ、斉藤さんは自分の泊まる部屋の扉を開けて、中に転がり込むように入って行った。

怖かった。ギラギラとした目と、半笑いのような表情で、じりじりと近寄ってくる男に何をされるかわからない恐怖というのは、彼の人生の中で別格の異常事態だったからだ。

聞いたこともない宗教の名前。教義は、生まれたその日からの愚痴をただただ口にして自分が悪いわけではなく、他人のせいだと思うこと、そしてその他人を許すことを繰り返すのだと言っていた。

斉藤さんの頭にあったのは、とにかくこの宿を出たい。あと三日間は宿泊することにしていたから、先に料金を払っていてもったいないがそんなことは言っていられない。今夜は遅すぎるので、翌朝に宿を引き払う気になった彼は、荷物をまとめるとまんじりともせずに朝を待った。

翌朝、気がつくと、いつの間にか荷物を抱え、胡坐《あぐら》をかいて寝てしまっていた。

腕時計を見れば午前九時。立ち上がって荷物を背負った彼は、部屋の扉を開けて廊下に出た。

「あれ？　あんた、そっちの部屋に居たのか？」

声を掛けられて、一瞬背を竦めた。驚いた顔で声のした方を見ると、受付に座っていた男性が階段を上がってこっちに歩いて来るところだった。

「あんた、変わってるねぇ。そっちで良かったんだ？」

「そっち？」

男性が目の前まで来て、自分が泊まっていた部屋を指差す。

「普通ならこっちだろう」

男性が左隣の部屋を指差した。

「……あれ？」

扉が開いている。中を覗くと、もぬけの殻。折りたたまれた煎餅布団を見る限り、宿泊客はいない。

という事は、あの宗教に勧誘してきた男は出ていってくれたのだろうか？

「その部屋、まぁ警察が良いって言うから掃除したんだけど、ちょっと残っちゃってね。悪いとは思ったけど、空き部屋って事にしてるんだよ」

言われて自分の泊まっていた部屋を見ると、目立たない場所に、小さな何か水の飛沫の跡がいくつか見て取れた。黒くなってしまっているが、それは想像するに血飛沫。なぜ今の今まで気がつかなかったのか。

「なんか泊まり始めてから、ずっとぶつぶつ言っている人がいてねぇ。ちょっと前にね、この部屋で……。たぶん」

と言って初老の男性は嫌そうな顔をして右隣りの部屋の扉を指差した。

「うるさかったんだろうね。たまに揉めているところも見たし。いや、想像だけど」

初老の男性が言葉を切った次の瞬間、急にお経が聞こえだした。泊まり始めてから、ずっと聞こえていたお経は、なぜか今のタイミングで止まっていた。

ふたりは同時に右隣りの部屋の扉に視線を送った。

しばらく動けないでいたが、意を決した斉藤さんは乾いた口を開いた。

「あの、すみませんが、一週間の予定でしたが、今日でチェックアウトします」

その言葉に、初老の男性は小刻みに何度も首を縦に振ると、もう下で話そうと床を指差して目で合図した。

その後、斉藤さんは返金はいらないと断り、宿を後にした。

そして、値は張るがそれなりに良い宿を取り、残りの三日間、様々な人にインタビューして過ごした。その中で、特に周辺地域に詳しそうな口ぶりの人には、必ず自分が泊まっていたあの宿の噂を聞くことにした。

すると、たしかにあの宿では少し前に人が亡くなっていた事がわかった。警察の発表では、自殺とも他殺とも断定できず、両方面から捜査するという報道がなされただけで、それからの進展を知る者はいなかった。

結局、滞在予定の一週間が過ぎ、戻った彼が書いたレポートは仲間内や担当教授から高い評価を受けた。

「ただ、あのレポートには、あの宿での出来事は一切書かなかったんですよ。なんか書く気になれなくて」

彼は、窓の外を流れる景色を見ながら当時を振り返った。

「あの自分が泊まった部屋。あそこで本当に何か起きていたんですかね、右隣りの人がやったっていうような事が。今でも何か監視されているようで、ちょっとこういう場所でもない限り、話せない内容ですよ」

名古屋駅で別れる際、彼は再びあの地へ行って確かめたいので、これから神戸まで行くのだ、と話してくれた。

アイドル写真（広島高速交通アストラムライン・広域公園前）

広島高速交通アストラムラインは地下鉄で、Ｏｓａｋａ Ｍｅｔｒｏと同じ新交通システムの一部。広島市内の鉄道には、広島電鉄の路面電車や山陽新幹線、アストラムラインなどがあるが、このアストラムラインは一九九四年に開業し、二十二駅を約十八キロメートルで結んでいる。日本地下鉄協会の地下鉄一覧にも掲載されており、わずか三百メートルの鉄道事業法適用区間を持つ地下鉄だ。

このアストラムラインは札幌市営地下鉄と並び、案内軌条式鉄道による地下鉄であるが、側方案内軌条式の採用は日本で唯一である。

さて、埼玉県に住む四十代の清水さんは、線路鉄だった。

鉄道の趣味を始めた頃は、いわゆる撮り鉄だったそうで、週末や連休となると必ずどこかへ赴いて列車を撮影するのがライフワークであった。

それが、十年もすると急に興味が『線路』に向いた。線路鉄というのは、枕木やレールを撮影して楽しむ撮り鉄の一種だ。調べてみると、芸能人のタモリ氏が自称しているらしいが、あまり類を見ないもののようだ。

清水さんの言葉を借りれば、列車の撮影に飽きたわけではなく、もっといろんなところに目を向けるべきだ、と思ったということだ。

コロナ禍になる直前の年のことだ。

大型連休で広島の鉄道を撮影しにきていた清水さんは、列車を撮ると同時に、レールやホーム、駅に関係あるものを写真に収めていた。

二日目に向かったのは、アストラムラインの広域公園前駅。この駅を起点として、ひと駅毎に下車をして撮影をし、本通駅を目指す予定だ。

ホームドア越しに目に入る線路は、珍しい側方案内軌条式。清水さんは、もちろんこれが本命とばかりにカメラを構えようとした。

――ん？

ファインダーを覗く直前、彼の目に一枚の写真が映り込んだ。

落とし物なのだろうかとカメラを下げ、肉眼で観察すると、それはずいぶんと古びた写真で、日に焼けたのか表面が全体的に黄褐色っぽく変色していた。

そのとき、列車の入構を告げるアナウンスが流れた。

運行には問題無さそうだし、駅員にはあとで言えば良いかと結論付けた彼は、再びカメラを構えた。

何度もシャッターが切られ、データーがメモリに蓄積されていく。

撮り終えた彼が気づいたのは、足下に裏返しで写真が落ちていること。

ホーム下にあったさっきの写真だろうか。

気になって拾い上げ、表に返してみると、それは薄黄色く変色したあの写真だった。

それはどうやら、女性アイドルグループのライブシーンを撮影したもので、五人の女の子がマイクを持って踊っている場面だった。

一九九三年五月……。このアストラムラインが営業を始める前の年だ。そこから先は読めないのだが、この写真が撮影された日付が確認できた。約二十七年も前。そんな写真がこんなところに落ちているだろうか。それに、清水さんの記憶にはその当時、今ほどアイドルグループはいなかったはずだ。

不思議なものを拾ってしまったなとは思ったが、一番右端で踊る女の子が可愛らしくてとても気になった。

彼は、何もいわず、その写真をジャケットの胸ポケットに仕舞い入れると、撮ったばかりの電車に乗った。

そこからは、順調に駅で降り、駅周辺の風景を撮り、また駅で乗る。自分の趣味を楽しむだけ楽しんで、ホテルに戻った。

その後、連休が終わり彼は自宅に帰った。

自宅の部屋で、彼は拾った写真を大切にフォトフレームに保管すると、折に触れて眺めていた。

職場でアイドルファンを自称する同僚にスマホで撮った写真を見せてみるのだが、こんなグループは聞いたことも見たこともないと言われてしまった。その同僚も、趣味仲間たちに訊いてみると言って清水さんからデーターを送ってもらってはいたが、どの仲間からも重要な手掛かりは得られなかった。

それから月日が流れた二〇二三年の大型連休。

コロナ禍が明けつつあり、清水さんは久しぶりに遠出をする計画を立てた。

この頃には、例のアイドルを探していた経緯もあり、引き続き鉄道は好きだが、どちらかと言えば地下アイドルのステージに足を運ぶことが多くなっていた。

連休最終日、広島で自分がよくライブに訪れているグループがちょうど対バン（ひとつのライブイベントに複数のアーティストやバンドが出演する形式のイベント）に出演するという情報を事前に得ていた彼は、そのライブに行くことを当然のごとく旅行の計画に組み入れていた。

その日、原爆ドーム近くのホテルをチェックアウトすると、本通駅からアストラムラインに乗り、広島市内観光に出掛けた。夜までには、ヌマジ交通ミュージアムや安佐《あさ》動物公園を回り、ライブに参加してから広島駅に戻ってもう一泊する予定だ。

その途中、長楽寺駅から上安駅に移動するときだ。

乗車して、ドア横に立った。ふと、なんとはなしにロングシートに視線をやると、そこに三人の女の子が座っているのが見えた。その向かって右端の女の子。彼女こそ、あの写真に写っていたアイドルだった。何度も写真を見ているのだ、見間違えるはずがない。

だが、不思議だったのは、写真の女の子と、今目で見ている女の子の年齢がまったく合わないことだ。仮にあの写真の日付が偽造されたもので、当時撮ったばかりのものだったとしても、今目の前にいる女の子はまったく年を取っていないように見受けられた。

奇妙なこともあるものだ、と関心していたが、声を掛けることは終ぞできなかった。四十過ぎの男が、中高生くらいの女の子に突然話し掛けるなど、憚られる。後ろ髪を引かれる思いで清水さんは、上安駅で下車をした。

それから夜になり、お待ちかねのライブを観に、会場へと足を運んだ。

イベントが始まり、彼はそこで驚きに開いた口が塞がらなかった。なぜなら、サプライズでライブの前座として出て来た来月デビューだと言う三人の女の子。それは、あのアストラムラインで出会った三人だったからだ。

「当然、その瞬間推し変しましたよ」

清水さんは豪快に笑う。

「それから認知……あぁ、アイドルから自分が認識されるって意味なんですけど、認知されてからあの写真を見てもらったんですが、心当たりは無いって言ってました」

三人組の右端で踊る清水さんの推しの子は、いつか卒業して別のグループに入るのではないか。そのグループとは、五人組なのではないか、と彼は今から楽しみにしているとのことだ。

「え？　なぜかって？　そりゃそうなれば結成される前から写真を持っているっていう最古参。大きい顔ができるってもんですよ」

忘れ物　（福岡市地下鉄空港線・中洲川端）

片桐さんは仕事を退職し、一年ほど定まらない日々を過ごしていた。

三十代に差し掛かったばかりで、単調な日々に倦怠感を覚え、蓄えが尽きるまで明確な方向性もなく、宿泊施設を渡り歩きながら日本各地を周遊していた。

寒さが緩み、新芽の季節を迎える頃のことである。

博多駅前付近のゲストハウスに三週間ほどの逗留を予定していた。

当初は名所旧跡を訪れていたものの、連日の外出は体力的に厳しく、資金面でも制約があった。どの地域でも同様だったが、徐々に時間を持て余すようになっていった。

しかしながら、彼には決まって楽しみにしていることがあった。博多駅から空港線で中洲川端駅まで向かい、中洲屋台横丁で一杯傾けるのだ。深夜零時を過ぎる頃に駅まで戻り、博多駅を経由して宿に帰還し、朝まで眠るという日課を確立していた。

博多市滞在から二週間が経過したある日。

夜の帳が降りると、彼は次の滞在地を思案しつつ地下鉄に乗り込んだ。例に漏れず、中洲川端駅で下車し横丁へと足を向けた。

到着すると、馴染みの風景が目前に広がった。屋台が軒を連ねる様子。幾度となく目にしてきた光景だが、すでに満席の人気店を見つけては後悔の念に駆られた。それでも気ままな観光客を装い、ゆったりとした足取りで歩を進めると、ある一軒の屋台が視界に飛び込んできた。

その屋台には数名の客が入店したばかりの様子で、卓上には酒類のみが並んでいた。奥の丸椅子に腰掛けようとする女性客は、これからコートを脱ごうとしている。

片桐さんはまだ一週間ほど滞在する予定だった。当たり外れのある店選びも良い経験になり、友人との話題にもなる。良店は次回の訪問時に選べばよい。

彼は僅かに思案し、その屋台の中央付近の席に着いた。

「らっしゃい、何にしましょう?」

店主は特段の威勢の良さはないものの、通常の接客態度で注文を取ろうとしてきた。

片桐さんは定番の芋焼酎を所望し、食事は後ほどにすると告げ、頭上に掲げられたメニューに目を走らせた。

提供された焼酎は耳慣れない銘柄だったが、至極美味であった。続いて注文した肴も全て口に合い、杯が進むにつれ箸も進んだ。

素晴らしい店に巡り会えたと喜びつつも、なぜ最初から満席でなかったのかと疑問に感じた。恐らくネット上では高評価を得ているはずだ。あるいは、隠れ家的な屋台で営業日が限られているのかもしれない。

いずれにせよ、彼は隣席の観光客らしきカップルと程よく会話を交わし、一人で切り盛りする店主に店の詳細を尋ねるなどして、愉快なひとときを過ごした。

――ふと……。

意識が戻ると、微かな頭痛を覚えた。初めての店での楽しさに気を取られ、予想以上に杯を重ねてしまったようだ。片桐さんは、屋台街と道路を挟んだ川辺で仮眠を取っていたことに気づいた。右手で幾度も額をこすりながら顔を上げる。

周囲を見渡すと、横丁は依然として賑わいを保っていた。寝入ってからさほど時間は経過していないようだ。

過去にも同様の経験があり、明け方に目覚めて閑散とした道を後悔しながら帰宅したこともある。

会計は済ませたのだろうか、他の客に迷惑をかけなかっただろうか、携帯電話や財布は無事だろうか。

自省の念を抱きつつ肩掛け鞄の中を確認すると、幸い盗難の形跡は見当たらない。

安堵の息をつく。まずは宿に戻ろう。そもそも今何時だろう？

携帯電話の画面を見ると、二十二時を指している。終電までにはまだ余裕がある。

「お客さん、忘れ物だよ！」

立ち上がり帰路に就こうとする片桐さんの背後から声がかかった。

振り返ると、先ほどの店の店主が肩掛け鞄を手にしていた。

自分のものではない、自分の鞄はここにあると告げようとしたが、強引に押し付けられてしまった。二つの鞄を比較すると、確かに類似しているものの、渡されたものは明らかに自身のものより古びており、他人の所有物だと判断できた。即座に返却しようとしたが、店主はすでに店に戻り接客を再開していた。

この場で声をかけるのは適切でないと判断し、翌日改めて返却しようと考え、重い足取りで歩き始めた。

「あんちゃん、忘れ物！」

数軒先を過ぎたところで、別の店から呼び声が響いた。

振り返ると、女性用の小型バッグを手にした若い男性が立っていた。店主らしい。

自分は今日その店で飲食していないと説明しようとしたが、やはり強引に手渡された。

何か言葉を発しようとする片桐さんに、その若い男性は、構わない気にするな忘れ物などよくある事だ、と言い残し、屋台内に姿を消した。

状況が把握できず困惑する。

片桐さんの戸惑いをよそに、その後も彼が歩を進めるたびに、屋台から誰かが現れ、ショルダーバッグやポーチ、リュックサックなどを手渡してきた。自身の所有物を含め、最終的に七点もの荷物を抱えることになった。

元来、軽い酩酊状態であったことも影響し、些か大胆な発想となっていた。翌日、交番か警察署に届ければ良いだろうという考えが頭をよぎったのも事実である。

一般の観光客では持ち歩かないほどの数の鞄を両手に抱え、彼はゲストハウスへの帰路についた。

「うーん、弱った……」

翌朝、カーテンで仕切られたベッド上で胡坐をかき、腕を組んで呻く片桐さんの姿があった。眼前には、予想通り六つのバッグが整然と並んでいる。

夜明けとともに冷静さを取り戻すと、これらを交番に持ち込めば盗品と疑われる可能性が高いことに気づいた。屋台の従業員に返却を依頼するにしても、どのバッグがどの店のものか判然としない。

何食わぬ顔で全て処分することも頭をよぎったが、店の誰かが自分に渡したと持ち主に告げられ、中洲の常連客である自分の身元が割れれば、事態は複雑化しかねない。

「それに貴重品……貴重品？」

さらに厄介な可能性が浮上した。財布や貴金属が含まれていれば、窃盗の疑いは免れまい。警察への届出も説明に窮し、煩雑な書類作成を強いられるだろう。

まずは内容確認だと、彼は最右端の女性用バッグに手を伸ばした。

「う……」

思わず声が漏れる。バッグ内で何かが微かに動いた音がした。不吉な予感とともに中を覗くと、古びたポータブルオーディオプレーヤーが一台。長い有線イヤホンコードに絡まれた状態で現れた。かつては鮮やかだったであろう青い外装は色褪せ、傷や擦れが目立つ。液晶画面には細かな亀裂が走り、ボタン周りには使用による摩耗が見られる。バッテリーの膨張か、僅かに歪んだ形状も気になった。長い歳月を物語るような、懐かしくも哀愁漂う姿で、それは片桐さんの手の中に収まっていた。

これは珍奇な代物だと思わざるを得ない。スマートフォン全盛の現代に、専用機を使用する人がいるのかと不思議に感じながら凝視すると、幼少期に親を説得して購入してもらったものと酷似していることに気づいた。

確かに当時、学校への持ち込みは禁止されていたが、外出時には頻繁に愛用していたことを思い出し、懐古の念に駆られる。

しかし、今はそれどころではない。彼は隣のリュックに手を伸ばした。

ファスナーを開けて内部を確認すると、Ｂ５サイズのノート一冊とシャープペンシル一本が収められていた。何気なくノートを開くと、そこには紛れもなく自筆のロールプレイングゲームの攻略メモが記されていた。地下迷宮の詳細な地図、敵の討伐報酬、ＮＰＣとの会話から得られる情報など、綿密な記録が残されている。無意識に裏表紙を確認すると、黒のマジックで自身のフルネームが記入されていた。

つまり、これは小学生時代の自分のノートだったのだ。シャープペンシルも、当時愛用していたものと瓜ふたつだった。

だが、こんな荒唐無稽な事態があり得るはずがない。

処分した記憶も定かではない。しかも、ここは博多だ。仮に現存するとすれば実家であろうが、それとて数百キロメートル先に位置している。

片桐さんの視線は再びシーツ上のポータブルオーディオプレーヤーへと戻った。

これさえも、誰かに自分の所有物だと告げられれば、半ば信じてしまいそうだ。ノートの存在がその思いを強めている。

他のバッグの内容は如何なものか。

この疑問が脳裏をよぎる。

リュックを元の位置に戻すと、次にショルダーバッグを片手で持ち上げ、慎重に中身を調査した。

予想通りの結果だった。内部からは、年月を経た複数のカードゲームカードが現れた。

残りの荷物も同様で、最後に開けたポーチからも類似の品々が出現した。

幼少期に没頭していた品々ばかりで、自身の名前や特徴的な傷跡など、明らかに所有者を示す痕跡が各所に見られ、驚愕の連続だった。

「…………帰る……かな」

子どもの頃、何をしていたか、何を思っていたか、将来何になりたかったたか。

目の前に置かれたそれらを眺めていて、ふと、そんな思いが蘇った。

その後、片桐さんは荷物を整理し、実家へ戻った。自分探しの旅などというのはやめて、親の事業を継承し、誠実に仕事に励んだということだ。

地下鉄ミステリー
中山市朗

かおりちゃんとその後日譚

この話は『新耳袋・第五夜』に掲載したものである。体験者のN君と言うのは、現在、私が主催しているオールナイトの怪談ライブ『Dark Night』の製作担当をしていて、またお笑いライブなどを数多く手掛ける男である。

実はあれから後日譚が聞けた。

その話も含めて、もう一度ここに語ってみようと思う。


もう四十年も前のことである。

N君は当時五歳。ある夢を見たという。

自分と同じ年の女の子が目の前にいる。その子はピンクのワンピース、肩までのショートカット。名前はかおりちゃんと名乗った。夢の中でおしゃべりをする。詳しい内容は覚えていない。何か悩みごとを聞いてもらって、アドバイスをもらったように思う。

それからは、一年に一度か二度、かおりちゃんが夢の中に出てくるようになった。

そのたびにおしゃべりをする。やはり友達のこととか、叱られたこととか、そのうち勉強についての悩みごとも聞いてもらって、アドバイスをもらっている、ような気がするのだ。

これが中学生になっても高校生になっても続いている。

かおりちゃんが夢の中に出てきて、おしゃべりをするのだ。

ところが、N君は相応に年を取っているのに、かおりちゃんの姿はずっと五歳のままである。気が付くと、高校生のN君が五歳の女の子に、勉強や将来への悩みを聞いてもらってアドバイスを受けている。その関係は対等なのだ。ただ、目が覚めるとその話の内容は覚えていない。

そのN君が二十四歳になった時のことだ。

職場のある梅田に行くために、天王寺駅から地下鉄に乗った。

ところがこの日、いつもは御堂筋線で通っているのに、なぜか谷町線に乗ったのだ。

電車は空いていた。N君はシートに座ると雑誌を読み始めた。

二駅ほどして親子連れが乗り込んできて、N君の向かい側のシートに座った気配がしたが、そのまま顔も上げずに雑誌を読み続ける。すると、コロコロコロッと縫いぐるみの人形がN君の足元に転がって来た。それに気がついて拾ってあげようと、頭を上げてびっくりした。

その縫いぐるみを取ろうと目の前に来た女の子が、あの、かおりちゃんだったのだ。

かおりちゃんと、目が合った。

間違いない。夢の中のかおりちゃんそのものだ。

肩までのショートカット。ピンク色のワンピース。五歳くらいの女の子。

ところが女の子は、縫いぐるみを掴むとすぐ母親の待つシートへと戻った。

(おいおい、俺や。かおりちゃん、俺や。なんで無視すんねん。知り合いやないか)

そう心の中でつぶやくが、彼女に届くはずも無い。そして思う。ほんとにあれは、かおりちゃんなのか?

思わず声を掛けたい衝動に駆られたが、そんなことをしたら通報ものだ。しかし好奇心には勝てない。せめてあの女の子の名前が知りたい。隣にいるあの子の母親がそのうち名前を呼ぶはずだ。そう思って親子の話し声に耳を傾けた。

東梅田の駅に到着した。

N君はここで降りなければならない。だが親子が降りる気配はない。だが、なんとしてもあの女の子の名前を知りたい。そのまま降りずに、N君は親子の話し声に神経をとがらせた。

なかなか、女の子の名前は呼ばれない。

次は都島駅というところまで来た。

（あかん、ここで降りんと、遅刻する）

そう思ってここで降りることにした。すると向かいの親子も降りる用意をしだした。

と、そこで女の子がぐずった。母親が言った。

「なにしてるの、かおりちゃん。ここで降りるのよ！」

それが、かおりちゃんを見た最後になった。


ここまでを『新耳袋』に書いたのだが、後日譚が起こったのだ。

三年前の夏、また『Ｄａｒｋ Ｎｉｇｈｔ』を開催するにあたっての打ち合わせをＮ君とした時のことだ。

「中山さん。僕が以前、かおりちゃんていう、地下鉄での体験談を話したの、覚えてます？」

「ああ、覚えてる。というか『新耳袋』に書いたやん」

「実はかおりちゃん、つい最近、二十年ぶりに夢の中に出て来たんです」と言う。

「えっ、いつ？」

「五日ほど前です。夢の中にかおりちゃん、現れたんです。やっぱり五歳のままで全然変わらない。で、いつもは僕の話を聞いているのにこの時のかおりちゃんは、僕の手を引っ張るんです。そして、熱海へ行こう。熱海へ行こうって、しきりに言うんです。で、はっと目が覚めました。早朝でした。で、思った。熱海に行こうってなんだ？　でも、今まで覚えてはいませんでしたが、彼女のアドバイスをなんとなく聞いてここまで来られたような気もして。だから行こうかなと思ったんですけど。なんでやねんて、思いとどまったんです。そしたらその日の、午前十時半でした。熱海市で土砂流災害が発生したって、ニュースが……」

あれは、偶然なのか、それともほんとに誘われたのか、それは今もってわからないままである。

声

ある男性が仕事帰り、同僚と飲んだ。

夜の十一時近い時間，同僚と別れて千鳥足で地下鉄の駅へと向かった。

いつも通勤には地下鉄を使っているのだ。

ホームに出ると人はあまりいないし、電車も来ていない。

ベンチに座り込むと、そのまま体を前のめりにして、眠ってしまった……。

すると「はよ、帰ろうね、はよ、帰ろうね」と言う女性の声が耳元でして、はっと目を覚ました。

目の前に電車が止まっていて、扉が閉まる寸前。

急いで乗り込んだ。

最終電車だった。

この時、思った。

（誰が起こしてくれたんだ？）

起きた時、ちらりと声のした方を見たが誰もいなかったし、電車に乗り込んでホームを見たが、走り出した電車から見たホームには、駅員以外は誰もいなかったのだ。

ただ、それは京都弁訛の上品な言い方で、中年の女性の声だったそうだ。

向かいの席

ある女性の体験談である。

仕事帰り。最終の地下鉄に乗った。

乗った車両には数人しか乗客はいなかった。

彼女はシートに腰かけ、うつらうつらとしかけたが、ある駅でスーツ姿の中年男性が乗り込んできて、向かいのシート席に座った。ところがこの男が向かいの席に座ってから、なんだか違和感が漂ってくるのだ。

(何だろう？　この感覚)

男を見る。男は前かがみになって寝てしまっている。だから、男の背後の窓ガラスにこの車両の風景がそのまま映り込んでいるのが見える。

(あっ！)

違和感がわかった。

正面の男は、前のめりになっているので、その窓ガラスには自分の姿が映っているはずだ。

しかしその場所に、前かがみに寝ているはずの男の姿が映っているのだ。男の顔は知らないが、乗り込んできたとき、ちらりと見た男のネクタイが特徴的だったのを覚えている。そのネクタイをした男が正面を向いて、窓ガラス越しに自分と目が合っている状態にある。

一旦窓ガラスから目を外して、もう一度正面を見る。やっぱり、自分が座っている場所に、男が座っている。こっちを見ている。そして自分の姿はどこにも無い。

周りを見ると人はまばら。誰も気づいていないし見てもいない。

何度目を逸らせても、瞬きをしても、それは変わらない。

駅に着いたので，先に降りた。

あの男が誰だったのか、何だったのかは、知らないという。

梅田地下の夜警

Kさんは、幽霊というものを全く信じない。そういう話を聞いても「そんなん気のせいや」「物理的にありえない」と完全否定する。

そんな彼は、大阪梅田のあるデパートで夜警のアルバイトをしていた。

誰も行きたがらない一角があったが「何が怖いんですか」と彼だけは、ずかずかと中へ入っていく。そんな話が上層部の耳に入ったのだろうか。

ある日Kさんは、上司に呼び出された。

「K君。君は幽霊とか怖くないんか」

「ていうか、幽霊なんていませんよ。非科学的なことは嫌いです」

「そうか。じゃ、行ってもらいたいところがあるんやけど。実はな、夜勤は二人で回らなあかんねんけど、続かんねん。みんな辞めてしもうてな。そやから君一人で回ってもらうことになるけどええか。その代わり、給料は倍出そう」

Kさんにとっては、美味しい話だ。了承した。

次の日から配属されたのは、大阪梅田のある地下街だった。いくつかの地下鉄駅やＪＲの駅に接続し、飲食店も多く並ぶ地下商店である。普段は大勢の人たちで賑わうが、午後十一時を過ぎると店のシャッターも降り、地下鉄の終電が出ると地下街に出入りするシャッターも閉じられて、真っ暗になる。そんな無人の地下街を巡回するのだ。

それは、初日からあったという。

漆黒の地下街を懐中電灯の灯りだけを頼りに見回っていると、「ぎゃー」という女性の悲鳴が遥か前方から聞こえた。何だ？　と思って悲鳴の聞こえた場所へと走った。

確かこの辺りだったたと、懐中電灯であちこち照らして「誰かいますか？」と声をかけるも誰もいるはずは無い。しばらくして、今度は遠く背後から悲鳴が聞こえて来た。踵を返して悲鳴がした方向へ走る。だが、やはり誰もいない。

こんなことが一晩で、七、八回繰り返された。

みんな辞めていく原因は、これか、と悟った。しかしＫさんは思う。

あれは、何かの音が反響して女の悲鳴に聞こえるのだろう。地下街なのでその残響音も伴ってああいう音を作るのだ。そう解釈した。

翌日も、同じことが起きる。もちろん、安全確認が警備の仕事なので、声のした方向へと急ぎ、人がいないか確認する。やはり一晩で、七、八回繰り返された。

翌日も、翌日もと、一週間続いた。

ある夜は、見回っていると真横から悲鳴が聞こえた。

ふっと横を見ると女子トイレだった。ここから聞こえた。

真っ暗な女子トイレに入り、一つ一つドアを叩いて「誰かいますか？」と呼び掛けて、ドアを開けた。全部確認したが人などいない。いるはずがない。

トイレを出て「でも、したよな」。するとまたトイレの中から悲鳴が聞こえて来た。

「ぎゃあああ」

次の日も、見回りをしていると真後ろから悲鳴がした。そのまま振り返ると、人影のようなものがすうっと現れて、地下街の通路をサッ、と走り出した。

「待てえ！」

追い掛けたが、見失った。だがこの日は、それっきり悲鳴は聞こえなかった。

翌日。ある場所で、天井から水漏れがしているという報告があった。このあたりだったかと、懐中電灯で天井を照らして見上げていると、足元で何かがもぞもぞと動いた。

灯りを足元に落とした。

女がいた。頭巾をかぶった女が膝を抱え、うつむいて座っている。イメージが一瞬で来た。

もんぺ姿に防空頭巾の女だ。

「えっ」と声を出した途端、それは消えた。さすがにこれは、ヤバイものを見たと悟った。それでも、幽霊などいない、幻覚、幻覚、と自分に言い聞かす。しかしこの日は、そんなことが何度も起こった。行く先、行く先で、懐中電灯の灯りが、膝を抱えてうつむいて座る防空頭巾の女を照らし出すのだ。それが同じ女なのか、そういう女が何人もいるのか、それはわからない。

今度は、そんなことが毎晩続くようになった。

一カ月して、上司に呼ばれた。

「K君、頑張ってくれてんなあ。ほな、次行こか」と言われた。

「次って、どこですか?」

「いや、君やったら大丈夫や」と鍵の束を渡された。

その夜からは見回る場所が変わった。

地下街の、ちょうど上にあるオフィスビルの夜警だ。

条件は同じ。このビルを一人で見回る。仕事としては、廊下を見回りながら、一つ一つのオフィスのドアを開けて、異常がないか確認する。奥にもドアがある場合はそのドアも開けて確認する。ドアというドアは全て開けて確認するのだ。

毎夜、これを続けるが、悲鳴も聞こえないし人影も無い。

これで給料倍って、おいしいやん、と思っていたある夜のこと。

ドアを開けて中に入った。かなり広いオフィス。懐中電灯の灯りを部屋の隅々まで巡らせながら、異常のないことを確認する。

「異常なし」

そう口にすると、奥のドアに歩み寄った。社長室とプレートにある。

そのドアに鍵を差し込もうとした瞬間、ゾッと総毛だった。身体がなんだか入ることを拒否している。こんな感覚に襲われたのは初めてだった。

〈ヤバいぞ。入るな〉

本能がそう言っている。命に障りがあるかもしれない。そんな恐怖に襲われている。

しかし、仕事だ。それに幽霊なんていない。ヤバいものなどこの世に無い。

そのまま鍵を開けて、社長室に懐中電灯の灯りを照らした。

大きな本棚がある。

灯りをすうっと走らせる。と、本棚の隅に置いてある人形が照らし出された。それはガラスケースに入った日本人形。扇子を片手に舞を舞っている日本髪の娘だ。するとその人形がガタンと揺れて、扇子をカタッとKさんに向けたかと思うと「ケタケタケタケタ」と笑った。

「わあー!!」

そこからは覚えていない。気がつけば家の中にいた。

さっそくKさんは辞表を出したという。


この話をあるライブで北野誠さんの前で披露したら、彼はひどくこの話を気に入ったらしい。北野さんは言う。

「その場所って、大体わかったんでな。で、俺の友達でそのビルで事務所構えてるのがおることを思い出したんや。それで十何年かぶりに電話してみた。それで聞いた。『あのビルで、心霊的なこと無かった?』って。そしたらそいつ、『俺のところは上の階やったし、俺自身はそういうこと見たり、聞いたりは無かったけど、ただ一つ、嫌な噂があったんや。地下街に飲食店が並んでんねんけど、そこの店長さんたち、みんな言うてたのが、夜の十一時過ぎたらバックヤードに入るなって。ああ、十一時過ぎてもたとか、もう行かれへんわ、とか言うとるねん。何があるん? と聞くと、防空頭巾被った女の人が、膝抱えて座っているって。けっこう、評判やったで」

大阪梅田はもともと埋田と言い、湿地帯で、文楽の『曽根崎心中』にあるように、人気《ひとけ》のない藪や森で、梅田墓所という幕府が定めた墓場もあった。二〇二〇年に、北エリア開発地区から一五〇〇体の人骨が発見され、あらためて梅田は大型の墓所があったことを再認識させられたのである。この地が開発されるのは明治七年に神戸と梅田間に鉄道が開業し、梅田駅が造られた頃からのことであった。そして第二次大戦末期における度重なる空襲で一帯は焼け野原となり、戦後はバラックが建ち並び、闇市が立ったのが、さっきの地下街とその上にあるオフィスビルのあったところである。戦後は無法地帯とも言われたが、昭和四十五年の大阪万博が開催されるにあたって、ようやく再開発されることになったのだ。

空襲時に現れた幽霊地下鉄

大阪大空襲と地下鉄における、不可解な話が残っている。私が普段扱う怪談とはやや異なる話だが、地下鉄怪談を語るにはどうしても触れておきたい事件である。

そのきっかけは、一九七七年三月十一日付け『朝日新聞』の「声」に載せられた記事だった。寄稿者は京都大学名誉教授、村松繁という人だった。引用してみる。

〝大阪市内はその前後から米軍による最初の大空襲を受けた。その時米軍の作戦は、焼夷弾で市街を焼き尽くすものだったが端から順に襲うのではなく、蚊取り線香のように、周囲から中心に向けて渦巻き状に爆撃を続けた。

退路の断たれた被害者の多くは中心部に逃げざるを得なかった。私たちが心斎橋に辿り着いたときには周囲は完全に火の海で退路はまったく無かった。そのとき、地下鉄のシャッターがあけられ駅員が「早く入りなさい」とホームに誘導してくれたのだ。ほどなくトンネルの闇の中から一条の光がさして電車が到来し、私たちはそれに乗って無事、梅田へ避難することができた。

あの時救われた人たちは何千人にのぼろうか。そして電車が臨時だったかどうかも今は定かではない。とにかく、あの大惨事に際して、当時の地下鉄関係者の冷静で適切な措置には今もって感謝と敬服の念でいっぱいである〟


するとこの記事を読んだ人たちから「私もその電車に乗った」「私も命を救われた」という投書が多数寄せられたのである。この話はそれまであまり語られたことは無く、語られたとしても都市伝説のような扱いであったらしい。

村松氏の指摘する空襲は、昭和二十年（一九四五）三月十三日から十四日にかけての第一回大阪大空襲のことである。しかも彼が乗ったという電車は、本来は電車が動いていない午前三時頃のことだとわかったのだ。

ところがこの時、電車が走ったという記録も証言者もいなかったのだ。いや、地下鉄関係者からすると、これはあり得ない話なのである。

だいたいこれは、一人や二人の運転手の好意で行えるものではない。電車を走らせるための送電や管理、運行、安全確保など組織立ったものでなければ、不可能なことなのである。

そもそも、終電が出た後のこと。電車が勝手に走るわけがない。

それに、当時は地下鉄への避難は禁止されていた。まず、空爆による強度の保証がない。狭い構内で何かが起きると人々はパニックを起こすことも考えられる。炭酸ガスが地下に充満し窒息死する危険性もある。また、昭和七年に制定された防空法によれば、区内の住人は、空襲の際は他区域への移動は逃亡とみなされた。防空壕などへの一時避難は許されたが、人々は区域内の消火、救援活動に従事することが義務付けられていたのだ。つまり市民を地下鉄に誘導して避難させることは、逃亡幇助罪に問われ刑罰の対象ともなるわけだ。

技術的な問題も指摘された。終電から始発までは送電はしていない。夜間は技術スタッフが保守点検を行っていて、勝手に電車を走らせると大惨事になる。また、特別なことがあるならば業務引継ぎ時の報告が必ずある。その記録も無いのだ。

そこで、朝日新聞社、毎日新聞社、大阪交通労働組合が調査、聞き取りに入ったという。

そしてその調査、聞き取りによって当時の状況が明らかになって行った。

当日、火の粉が竜巻になるような大火災の中、憲兵が「早く地下へ入れ」と心斎橋駅の地下鉄入り口に入るよう怒鳴っていたとか、「規則だから駄目だ」という駅員を説き伏せてシャッターを開けさせたとか、閉鎖されているはずの大国町駅の出入り口のシャッターが開いていたとか、「梅田は燃えていないから大丈夫だ」と言う声が聞こえて地下鉄に乗せられたとか、電車は三両編成だったとか、様々な証言が出て来たのだ。また、心斎橋駅から、梅田とは逆の天王寺駅へ電車は向かったとの証言もあった。また、改札口には駅員はいなかった。ホームへなだれ込むように入ったので切符は買っていない。駅構内にも駅員の姿は無くガランとしていたとの証言もあったが、駅構内の電気は明々としていたらしい。

結局これらの電車の運行や駅員の動きについては何から何まで不明で、ただ、電車が心斎橋を起点に梅田に向かって一本、天王寺へ向かって一本、臨時で運行されたことは事実だったようだ。その後の五時頃の電車に乗ったと言う人達もいたが、これは始発電車だったと思われる。

ＯｓａｋａＭｅｔｒｏの営業企画課の方に話を伺うと「電車は実際に走ったようです」と言う。ただし公式な文書も記録も一切無く、地下鉄側の証言者もいないので、数年前まではこの件については「無かった」としていたという。しかし最近、テレビでの特集やドラマで取り上げられることもあり、新聞で報じられたものやプライバシーに触れない証言などは閲覧できるようにした、ということで筆者も閲覧させていただいたのである。

その証言を見ていくと、当日、国鉄大阪駅局長佐藤栄作（のちの総理大臣）から電気局に「今晩空襲の恐れあり」との電話があり、この夜だけは通電させていたという証言もあったが、調査を始めた頃には、その方も亡くなられて直接には話は聞けなかったという。

考えられることは、地下鉄に市民を逃がすとか臨時電車を走らせることなどはいずれも、防空法に反する行為で刑罰ものである。だから皆は口をつぐみ、記録は消去されたということだろう。

しかし、筆者が不思議に思うのは、大阪空襲はこの時が初めてなのである。にもかかわらず憲兵も一緒になって見事なチームプレーを行い、組織立った電車の運行がなされ、心斎橋駅を起点にして、奇跡的に数百人の命を救った事実があったことである。これはまだ未体験の空襲の状況をある程度予想しながらの行為であったと見なければならない。

それなのに、そのことの報告や公的記録が一切なく、地下鉄側の証言者もいない。そして朝日新聞に村松繁氏がこのことを寄稿するまでは、誰もこのことを口にしなかったのだ。

これはまさに、見方によれば戦時に走った「幽霊電車」であったと言ってもよかろう、と思う。

★読者アンケートのお願い

本書のご感想をお寄せください。アンケートをお寄せいただきました方から抽選で５名様に図書カードを差し上げます。
（締切：2024年9月30日まで）

応募フォームはこちら

メトロ怪談

2024年9月5日　初版第一刷発行

著者……………………………………………… 田辺青蛙、中山市朗、正木信太郎
デザイン・DTP ……………………………………… 荻窪裕司（design clopper）

発行所……………………………………………………………… 株式会社 竹書房
〒102-0075　東京都千代田区三番町８－１　三番町東急ビル６F
email：info@takeshobo.co.jp
https：//www.takeshobo.co.jp
印刷所……………………………………………………… 中央精版印刷株式会社